AMANTES POR UNA SEMANA

MELANIE MILBURNE

WITHDRAWN

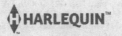

HARLEQUIN™

Editado por Harlequin Ibérica.
Una división de HarperCollins Ibérica, S.A.
Núñez de Balboa, 56
28001 Madrid

I.S.B.N.: 978-84-687-8512-7
Depósito legal: M-28256-2016
Impresión en CPI (Barcelona)
Fecha impresion para Argentina: 15.5.17
Distribuidor exclusivo para España: LOGISTA
Distribuidores para México: CODIPLYRSA y Despacho Flores
Distribuidores para Argentina: Interior, DGP, S.A. Alvarado 2118.
Cap. Fed./Buenos Aires y Gran Buenos Aires, VACCARO HNOS.

Capítulo 1

CLEMENTINE estaba a cuatro patas y manchada de polvo y excrementos de ratón cuando él entró en la tienda. Supo que era él porque después de años oyendo cómo los novios de su madre entraban y salían por las noches se había convertido en una experta en pisadas. Se podía saber mucho acerca de una persona fijándose en su manera de andar, si era segura de sí misma o tímida, furtiva o abierta. Amiga o enemiga.

Aquel hombre tenía el paso firme, seguro. Caminaba como si no fuese a permitir que nada se interpusiese en su camino y eso hizo que a Clem se le erizase el vello de la nuca. Ya había oído antes aquella manera de andar. Diez años antes.

«No te va a reconocer, has cambiado mucho».

No sirvió de nada que intentase hablar consigo misma, Clem sabía que, a pesar de haber perdido peso, haber recuperado el control de su piel y haberse alisado y dado mechas en el pelo, en el fondo seguía siendo la misma chica de dieciséis años torpe, con el pelo encrespado y espinillas en la cara.

La misma con una madre que era un desastre.

Se puso en pie y se metió las manos en los bolsillos traseros de los pantalones negros.

–¿En qué puedo ayudarlo?

Ya no tenía acento del norte, pero su actitud era la misma, seguía teniendo la espinita clavada. Bueno, más que una espina un árbol entero. O un bosque.

Alistair Hawthorne la miró por encima del hombro, pero eso no era nuevo. Era muy alto y siempre la miraría desde arriba, salvo que Clem se pusiese unos altísimos tacones. Y los tacones no eran precisamente cómodos para estar subiendo y bajando una escalera para buscar una edición antigua de Dickens, Hardy o Austen.

–¿Dónde está tu hermano?

Como saludo no fue precisamente brillante, ni amable. Aunque Clem no había esperado que fuese amable. Sobre todo, después del «incidente del dormitorio». Con el tiempo se había dado cuenta de que había sido una tontería esconderse allí al volver de aquella humillante cita, pero la habitación que Alistair había utilizado de niño había sido la única habitación tranquila de la casa y tenía su propio cuarto de baño que nadie más utilizaba. Así que le había parecido el lugar perfecto para esconderse y ponerse en posición fetal por haber sido tan tonta como para enamorarse de un chico al que le habían retado a acostarse «con la gorda».

Aunque eso no se lo había contado a Alistair. Este no le había dado la oportunidad. Cuando se la había encontrado hecha un ovillo en su cama, había dado por hecho que estaba allí esperándolo.

–Igual de guarra que tu madre.

A Clem no se le habían olvidado aquellas palabras. Nadie le había hablado así antes, ni siquiera los asquerosos novios de su madre. Aquellas palabras se le habían quedado marcadas en el alma.

–¿Para qué quieres saber dónde está Jamie? –le preguntó, intentando no distraerse con su aspecto ni con su olor.

Estaba a medio metro de ella y podía aspirar su olor a cítrico con una nota de algo más. Algo oscuro y misterioso. Inescrutable.

Él apretó los dientes.

–No te hagas la inocente conmigo. Sé que ambos habéis estado semanas tramando esto.

Clem arqueó una ceja, sabiendo que esto le daba un aspecto de una mezcla de librera y aristócrata terrible. Las gafas que llevaba para leer hacían que el look fuese todavía más auténtico.

–¿Esto? –repitió.

Los ojos azules grisáceos de Alistair brillaron peligrosamente.

–Mi hermanastra, Harriet, se ha escapado con tu hermano.

Clem se quedó boquiabierta. Era imposible. Era impensable. Era un desastre.

–¿Qué?

Él la miró con desdén.

–Buena actuación, pero no me engañas. No me voy a marchar de aquí hasta que no me digas dónde están.

Clem estudió sus brazos cruzados y sus piernas

abiertas. Y se dijo que no debía haberlo hecho. Aunque llevaba puestos unos pantalones Tom Ford, podía admirar la fuerza de sus muslos. Tuvo que hacer un esfuerzo para no imaginárselos alrededor de los suyos. Desnudo, sudoroso. Sus miembros entrelazados de manera muy sensual.

Cosa extraña, porque ella no solía pensar en sexo. No le interesaba. Después de haber crecido con una madre que organizaba orgías como otras organizaban ventas de Tupperware había hecho que el desarrollo sexual de Clem se frenase. Por no mencionar el vergonzoso encuentro que había tenido con dieciséis años, pero después de mirar los muslos de Alistair sintió un calor traicionero entre las piernas.

Subió la mirada a su boca y el error fue todavía mayor. Sus labios estaban muy apretados.

¿Sus ojos?

Sus ojos cambiaban del color gris al azul, eran fríos como el hielo, misteriosos. Unos ojos capaces de dejar helado o derretir a cualquiera.

–¿Y bien?

Su brusca pregunta rompió el silencio e hizo que Clem se sobresaltase. Lo odió todavía más. Había luchado mucho por no dejarse intimidar por nadie, mucho menos por los hombres. Hombres poderosos que pensaban que podían tratarla como si fuese basura. Hombres que solo tenían sexo con una porque estaba gorda y luego se reían de ello con sus amigos. Clem levantó la barbilla e intentó ignorar la sensación de su vientre cuando Alistair la miró a los ojos.

–Pues vas a tener que esperar mucho tiempo, porque no tengo ni idea de qué me estás hablando.

Él volvió a apretar los labios con tanta fuerza que se quedaron sin sangre. Y Clem se dio cuenta de que nunca lo había visto sonreír. Ni una vez. Aunque no hubiese tenido muchos motivos para hacerlo diez años antes, con su madre sufriendo una enfermedad terminal y su padre marchándose con otra durante la quimioterapia de su esposa. Con la madre de Clem, concretamente. Clem no podía pensar en su madre sin que todo el cuerpo se le encogiese por la vergüenza.

–Vive contigo, ¿no? –le preguntó Alistair.

Clem pensó que no causaría buena sensación si admitía que no había visto a Jamie casi en toda la semana. Este no había respondido a sus mensajes ni le había contestado a las llamadas. Pero podía ser porque se había quedado sin crédito. Otra vez. O porque no quería que interfiriese en su vida. Ella estaba intentando vigilarlo un poco mientras su madre estaba desaparecida en combate, pero desde que Jamie había cumplido los dieciocho años, un par de meses atrás, no se había tomado bien que le pusiesen normas.

–Veo que sabes mucho de nosotros –le contestó–. ¿Vigilas a todos los hijos abandonados de tu padre?

Él volvió a apretar la mandíbula.

–Dime dónde está –insistió él, enfatizando cada palabra.

Clem sonrió.

–Te veo un poco tenso, Alistair. ¿No están satisfaciendo tus necesidades? ¿Qué pasa con las jóvenes londinenses? Yo he oído que ahora mismo causan furor las cerebritos adictas al trabajo.

Los ojos de Alistair brillaron todavía más y sus labios se hicieron todavía más finos.

–Sigues siendo la chica salvaje con lengua mordaz que siempre fuiste, aunque hayas conseguido mejorar tu aspecto hasta quedar medio presentable.

«¿Medio presentable?». Si se había gastado una fortuna en conseguir aquella imagen. Aunque habría estado todavía mejor con ropa más bonita, pero tenía que ahorrar. Tenía que ahorrar para mantener a su hermano y pagarle la fianza cuando lo metiesen a la cárcel, cosa que ocurriría antes o después. Aunque Clem no iba a permitir que Jamie siguiese los pasos delictivos de su padre. Ella le había dicho a todo el mundo que su padre estaba muerto para no tener que explicar qué hacía en una de las prisiones de máxima seguridad de Gran Bretaña.

Decidió que lo mejor era cambiar de tema. Si Alistair se daba cuenta de que la había disgustado, se encontraría en una posición aventajada. Y no iba a ponérselo fácil.

–No sabía que tuvieses una hermanastra.

Él puso un gesto de dolor casi imperceptible, como si todavía no se hubiese acostumbrado a tener una hermanastra.

–Harriet está recién llegada a la familia. Su madre la dejó con mi padre cuando se marchó con otro hombre.

–¿Cuántos años tiene?

–Dieciséis.

La misma edad que Clem había tenido cuando su madre había roto el estable matrimonio de los padres de Alistair. Ella sabía muy bien lo que era sentirse apartada, sentir que sobraba y que nadie la quería. Y no se lo había puesto fácil a nadie.

–¿Y por qué no se ocupa de buscarla tu padre, en vez de tú?

–Mi padre la dejó conmigo porque tenía mejores cosas que hacer. Al parecer.

Clem movió los labios de un lado a otro, incómoda. Era extraño, pero ambos estaban en la misma situación.

–Pues lo siento, pero no tengo ni idea de dónde está tu hermanastra.

«Ni mi hermano».

Él frunció el ceño.

–¿De verdad no sabías que estaban juntos?

Clem negó lentamente con la cabeza.

–No. No sabía nada.

Alistair la miró a los ojos como si quisiese descubrir si estaba ocultando algo. El calor de su mirada hizo que Clem se estremeciese. Nadie la miraba así. De hecho, nadie la miraba.

–No me lo creo.

Ella puso los hombros rectos y lo fulminó con la mirada.

–¿Me estás llamando mentirosa?

Él sonrió de medio lado, pero aquello no fue una sonrisa, sino más bien una mueca.

–No verías la realidad ni aunque la tuvieses delante.

Clem no era una persona violenta a pesar de los modelos que había tenido, pero en esos momentos deseó levantar la mano y darle una bofetada a Alistair. O más bien un par de puñetazos. Y después, patadas en las espinillas. Le clavaría las uñas en la cara y haría que le sangrase la nariz. Le sacaría los ojos y los pisotearía.

¿Cómo se atrevía a cuestionar su integridad? La sinceridad era su peor defecto. Era demasiado honesta y eso le había causado muchos problemas.

–Si no te marchas en cinco segundos voy a llamar a la policía –le advirtió.

Los ojos de Alistair se oscurecieron, como si la idea lo excitase.

–Hazlo. Así no tendré que hacerlo yo para decirles que me han robado el coche. El coche que, en estos momentos, conduce tu hermano por alguna parte de Europa.

A Clem se le aceleró el corazón. ¿Podía ser verdad? ¿Cómo podía Jamie hacerle algo así? ¿Cómo podía haberse escapado ni más ni menos que con la hermanastra de Alistair Hawthorne? Tenía que haberse imaginado que Alistair iba a reaccionar, que iba a haber consecuencias. Consecuencias importantes. Alistair era rico, poderoso y despiadado, no pararía hasta que consiguiese su objetivo.

Y su objetivo era vengarse.

Jamie terminaría en un juzgado y Clem no podía permitirse pagarle un abogado decente, así que lo meterían en la cárcel y estaría rodeado de hombres tan horribles como su padre. O, peor, como el de ella.

Se humedeció los labios.

–¿Cómo sabes que Jamie... ha tomado tu coche?

Alistair la fulminó con la mirada.

–No ha tomado mi coche, lo ha robado.

–Tal vez tu hermanastra le haya dado permiso. Tal vez le haya dado ella las llaves y le haya dicho que a ti te iba a parecer bien. Quizás lo haya alentado...

Él resopló.

–Escúchate, estás intentando taparlo. Tu hermano es un ladrón. Me ha robado el coche y una cantidad importante de dinero.

Clem sintió pánico.

–¿Cuánto dinero?

–No vas a querer saberlo.

«Tienes razón».

–De todos modos, es una tontería tener mucho dinero en casa. Para eso están los bancos, ¿no? –respondió ella, que se sentía aturdida.

Tenía que encontrar a Jamie antes de que lo hiciera Alistair.

–Quiero el dinero. Y como le haga algo al coche, tendrá que pagar por eso también.

–Me resulta interesante, si bien no sorprendente, que estés más preocupado por el dinero que por el bienestar de tu hermanastra –comentó Clem.

–Ahí es donde entras tú –le anunció él.

–¿Qué quieres decir? –le preguntó ella, con un nudo en el estómago.

–Que vas a venir conmigo a buscarlos.

–No voy a ir a ninguna parte contigo.

Él apretó los labios de manera implacable. Sacó el teléfono y añadió:

–Si llamo a la policía tu hermano estará encerrado antes de que te des cuenta.

Clem tragó saliva. La cosa se ponía fea. Muy fea.

–¿Me estás chantajeando?

–Yo diría que te estoy persuadiendo para que vengas.

–Preferiría pasar una semana encadenada a un tiburón tigre.

–¿Cuánto tiempo tardarías en cerrar la tienda?

Clem puso los brazos en jarras.

–¿No me has oído? He dicho que no voy a acompañarte.

Él recorrió las estanterías y los libros con la mirada.

–¿Cuánto tiempo llevas trabajando aquí? –preguntó.

–Dos años.

–¿Y dónde trabajabas antes?

–En una biblioteca municipal. En Kent.

Alistair estudió su rostro antes de seguir bajando. Clem sabía que no era precisamente una belleza clásica. De hecho, no era guapa. Era normal. Su madre sí que había sido guapa, pero a ella le había tocado ser inteligente, tener el pelo rebelde y problemas de vista, pero no deseaba tener uno de esos físicos que hacían que los hombres mirasen con interés a una mujer. Estaba acostumbrada a no llamar la atención, a que la ignorasen. No obstante, algo en la mirada de Alistair la hizo sentirse como si estuviese allí desnuda. Se le puso la piel de gallina y se le erizó el vello de todo el cuerpo. Notó que le pesaban más los pechos.

–¿Y la tienda es tuya?

A Clem le molestó la pregunta. Tenía la sensación de que el sueño de tener la suya propia jamás se haría realidad.

–Es de mi jefe. Dougal McCrae.

–¿Puedes hablar con él y decirle que te vas a marchar?

–No.

Él levantó el teléfono.

–¿Estás segura?

Clem apretó los dientes.

–No tengo días libres –mintió.

De hecho, no solía irse de vacaciones. No tenía sentido gastarse el dinero para irse a otra parte a leer, podía hacerlo en su casa.

–Si el problema es el dinero...

–No –volvió a mentir.

Alistair se guardó el teléfono.

–Te voy a dar veinticuatro horas para que lo arregles todo. Vendré a recogerte mañana. Trae lo necesario para dos o tres días. Una semana como máximo.

–¿Pero adónde vas a ir, si no sabes dónde está tu hermanastra?

–Tengo motivos para pensar que están recorriendo la Riviera francesa.

–Supongo que es lo que hace uno cuando tiene dieciséis años y dinero para quemar –murmuró ella.

–En realidad está quemando mi dinero con la ayuda de tu hermano y pretendo ponerle fin a la aventura lo antes posible –la corrigió él–. Hasta mañana.

Clem fue hacia la puerta detrás de él.

–¿No me has oído? No voy a acompañarte.

Él se giró antes de que Clem hubiese dejado de andar, así que chocaron y ella se tambaleó. Alistair la sujetó de los brazos y ella sintió un escalofrío por todo el cuerpo. Le resultó extraño... y excitante, estar apoyada en un pecho tan fuerte.

Levantó la mirada y se dio cuenta de que Alistair tenía el ceño fruncido.

–Suéltame –le pidió con voz demasiado ronca, como si le afectase su cercanía.

Bueno, un poco. Era tan... arrogantemente masculino. Pero no rudo, sino masculino, pero culto y de ciudad, con olor a colonia buena y la ropa recién limpia y planchada.

Él le apretó los brazos un instante antes de soltárselos. Y retrocedió de repente como si Clem fuese radioactiva.

–No voy a aceptar un no por respuesta, Clementine. Si no quieres que llame a la policía, tendrás que venir conmigo mañana. ¿Entendido?

A Clem no le gustaba que la llamasen por su nombre completo. De hecho, lo odiaba.

–Llámame Clem o señorita Scott –le advirtió a Alistair.

Él arqueó ligeramente las cejas.

–Muy bien, señorita Scott –dijo en tono burlón–. Hasta mañana. *Ciao.*

Alistar se puso el cinturón del coche de alquiler. Le molestaba perder tiempo de trabajo, pero lo cierto era que le apetecía llevarse a Clementine Scott a aquella absurda persecución. Había cambiado. Y mucho. Casi no la había reconocido, salvo por los ojos marrones y brillantes y la descarada lengua. Con dieciséis años ya había visto algo en ella, pero no había estado preparado para encontrarse con una mujer tan bella. No tenía una belleza obvia, sino sobria. Una belleza capaz de sorprenderlo a uno y dejarlo sin respiración.

La adolescente desastrada y con sobrepeso, con la piel fea y mal carácter había desaparecido. Aunque el mal carácter seguía allí, el resto de su cuerpo lo compensaba. La ropa recatada no podía esconder sus deliciosas curvas. Su piel brillaba, lo mismo que el pelo color miel ondulado, estiloso. No la había visto muy maquillada, pero eso hacía que fuese todavía más fascinante. Sus ojos marrones, con las pestañas espesas y las prominentes cejas, le hacían pensar en piscinas de miel salpicadas con motitas de chocolate.

Pero lo que había llamado más su atención era la boca. Los labios rosados y generosos, el arco de Cupido del superior y la suave almohadilla que creaba el inferior, hacían que todas las hormonas masculinas de su cuerpo se pusiesen en alerta.

No tenía pensado tener nada con Clementine Scott. Ni en esa vida ni en la siguiente. ¿Por qué iba a acercarse a una mujer cuya madre había arruinado los últimos meses de vida de su madre? Brandi como se llamase había estado con su padre mientras su madre estaba en el hospital, en cuidados paliativos. Brandi se había mudado a su casa con sus dos hijos y se había aprovechado de su padre, que en esos momentos estaba muy vulnerable. Alistair era consciente de que este también había sido responsable de lo ocurrido, pero Brandi y sus hijos mal educados le habían hecho sufrir mucho.

«No te pongas a pensar en eso».

Aunque Clementine estuviese mucho más atractiva de lo que había esperado, aunque su cuerpo se pusiese tenso al mirarla, aunque tuviese que hacer un esfuerzo, no iba a tener nada con ella.

Iba a encontrar a su hermanastra y la iba a meter en un internado, que era donde tenía que estar. Harriet no era su responsabilidad. Y, en realidad, tampoco la de su padre, pero hasta que su madre volviese a buscarla, Alistair se ocuparía de ella.

No tenía elección.

Era su deber.

Y luego estaba el tema del coche. Solo hacía un par de meses que lo tenía y no iba a permitir que el hermano pequeño de Clementine se lo estropease. Podía haber llamado a la policía directamente, no era de los que daban dos oportunidades, pero tenía que admitir que Jamie Scott no había tenido precisamente la mejor niñez del mundo. Aun así, no iba a permitir que su hermanastra se dejase corromper por un chico que era carne de prisión.

Había considerado ir él solo a buscar a Harriet, pero había imaginado que conseguiría más llevando a Clementine, que podría ocuparse de Jamie mientras él hacía lo mismo con su hermanastra.

Les convenía a ambos.

Además, tenía una cuestión pendiente con Clementine.

Apretó los dientes y empezó a conducir. Se contentaría con darle una lección de buenos modales y decoro a aquella jovencita.

Capítulo 2

POR supuesto, tómate algo de tiempo libre –le dijo Dougal McCrae al llegar a la tienda una hora después–. ¿Cuándo te quieres marchar?

–Ya –respondió ella–. Es... una emergencia.

Su jefe arqueó las cejas, preocupado.

–¿No será otra vez tu madre?

–Sí y no –mintió ella muy a su pesar–. Es difícil de explicar.

Dougal le dio una palmadita en el hombro como si fuese un pequeño animal.

–Eres una buena chica, Clem. Siempre has hecho lo correcto con tu madre, todo lo contrario que ella contigo, me parece a mí.

Clem no le había contado mucho a su jefe, pero su madre había pasado por la tienda varias veces, así que no había hecho falta. A Dougal se le daba bien conocer a las personas y había mirado a Clem de manera comprensiva y le había dado un paquete de galletas de chocolate después de que su madre se hubiese marchado.

–Será como mucho una semana –le aseguró ella, poniéndose el bolso al hombro y tomando el abrigo del respaldo de la silla–. Si hay algún cambio, te avisaré.

–Tómate todo el tiempo que necesites. Te mereces unas vacaciones –le contestó él.

Menudas vacaciones iba a tener.

Clem tardó demasiado en hacer la maleta. Era otro de los motivos por los que casi nunca se iba de viaje. Le costaba decidir qué llevar y terminaba llevando demasiadas cosas. A lo largo de los años había hecho la maleta muchas veces, siempre que su madre se cansaba de su último amante y anunciaba que se tenían que marchar. Inmediatamente. Clem siempre había guardado primero las cosas de Jamie porque eso era lo que hacían las hermanas mayores, sobre todo, teniendo una madre tan desorganizada, aunque muchas veces sus cosas se hubiesen quedado atrás con las prisas.

Así que se había convertido en una persona demasiado organizada, que siempre lo tenía todo perfectamente ordenado, cubiertos, platos y vasos en la cocina, la ropa por colores en el armario, aunque no tuviese mucha. De adolescente se había acostumbrado a vestir de oscuro y después no se había quitado el hábito.

Decidir qué ropa llevar y qué dejar era un problema. ¿Y si hacía calor? ¿Y si llovía? El clima de la Riviera francesa era mucho más cálido que el de Londres, pero podía hacer mal tiempo.

Y luego estaba el tema de los zapatos. Tenía un par diferente para cada día de la semana.

Y su taza favorita. El primer regalo que le había

hecho Jamie, con ocho años. Todas las mañanas se tomaba una taza de té nada más levantarse. No fallaba nunca. Así empezaban sus días. Necesitaba sentirse segura. Si no se tomaba un té en su taza, quién sabía lo que podía ocurrir.

No merecía la pena correr riesgos.

Seguía sin tener noticias de Jamie a pesar de que le había dejado varios mensajes en el contestador, incluso uno en el que casi le rogaba, algo que no habría hecho en circunstancias normales, pero aquella no tenía nada de normal. Desde que Alistair le había dicho que sospechaba que los dos adolescentes estaban en la Riviera francesa no había dejado de recordar unas cortas vacaciones que Jamie y ella habían compartido allí de jóvenes.

Uno de los novios de su madre había sido de un pueblo que estaba a media hora de Niza y los padres de este habían tenido una casa en las montañas. Clem se había sentido celosa al pensar que alguien pudiese tener dos casas allí que algún día estarían vacías.

El aire caliente le golpeó la cara al salir de casa para ir a buscar su coche. El pequeño apartamento en el que vivía no tenía aparcamiento, pero una vecina mayor que ya no conducía le había prestado el suyo. A cambio, Clem le hacía la compra a Mavis y le pedía cita con el médico.

Se quedó de espaldas a la casa de Mavis mientras intentaba meter la enorme maleta en el asiento trasero del coche, ya que el maletero era demasiado pequeño. Empujó con fuerza repetidamente y juró en voz alta.

El sonido de la puerta de casa de Mavis al abrirse la hundió.

—¿Te vas de vacaciones, querida? —le preguntó su vecina.

Clem se giró y sonrió de manera tensa.

—Solo unos días. Iba a llamar para decírtelo, pero tengo mucha prisa y...

—¿Adónde vas? ¿A algún lugar interesante?

—Esto... todavía no estoy segura.

—¿Y vas tú sola?

—Sí.

Mavis sonrió de oreja a oreja.

—Apuesto a que has conocido a alguien. Estoy segura. Una aventura de verano te vendrá estupendamente. Yo tuve una... ¿Te lo he contado? Estaba de crucero por el Mediterráneo y...

—Te enviaré una postal, ¿de acuerdo? —le dijo Clem mientras empujaba la maleta con el trasero.

—Ten cuidado. Que no te roben la documentación. A una amiga mía le ocurrió, ¿te lo he contado?

Clem siguió sonriendo.

—No te preocupes, tendré muchísimo cuidado.

—Ah, mira, aquí llega un señor muy amable a ayudarte con la maleta.

Clem pensó que no había ningún señor amable en aquella calle, al menos, que ella conociese. Todo eran señoras mayores y gatos. Miró hacia la derecha y vio a Alistair Hawthorne acercándose. El corazón se le aceleró. No podía ser verdad.

—¿Vas a alguna parte?

Clem supo que no podía esconder la maleta.

—Iba a... la lavandería.

—Pues parece que tienes mucha ropa sucia por lavar.

«No tienes ni idea».

—¿Qué haces aquí? Se supone que ibas a recogerme de la tienda mañana.

A él le brillaron los ojos.

—He pensado que era mejor que nos marchásemos cuanto antes.

A Clem se le hizo un nudo en el estómago. Había tenido la esperanza de poder hacer el viaje sola y buscar a su hermano sin la compañía de un hombre al que prefería evitar.

—Ya te dije que no iba a ir contigo.

—Por eso estoy aquí, para asegurarme de que sí vienes.

Ella lo fulminó con la mirada.

—No puedes secuestrarme. Es ilegal.

—También lo es robar dinero y un coche.

Ella tragó saliva. «Piensa, piensa, piensa».

—¿Y cómo sabes dónde buscar? Podrías hacer el viaje en vano.

—Mi hermanastra le ha enviado a una amiga un mensaje desde un casino en Montecarlo hace solo un par de horas.

Clem frunció el ceño.

—Vaya. ¿Cuánto dinero tiene? Montecarlo no es precisamente un destino barato.

—No está gastando su dinero.

—Ese no es mi problema, sino el tuyo.

Él siguió con la mirada clavada en la suya.

–Nuestro.

«No me lo recuerdes». Clem volvió a ocuparse de la maleta, que todavía no estaba completamente dentro del coche. Se apartó el pelo de la cara y le dio otro empujón.

–Deja que te ayude.

Alistair se colocó detrás de ella y alargó una mano para agarrar la maleta. Clem se dio cuenta de que aquel era el contacto más íntimo que había tenido con un hombre desde... desde hacía mucho tiempo.

Intentó apartarse, pero estaba atrapada.

–¿Es este tu chico nuevo? –preguntó Mavis en voz lo suficientemente alta para que lo oyesen todos los vecinos de la calle, tal vez de toda América.

Clem consiguió apartarse de Alistair por fin e intentó tomar aire.

–No. Es solo... alguien a quién conocí hace mucho tiempo.

–No me engañas –replicó Mavis sonriendo de manera burlona–. Mírate, estás ruborizada como una colegiala en su primera cita. Ya era hora de que hubiese un buen hombre en tu vida. ¿Cuánto hace que no tienes novio? ¿Dos o tres años?

«Cuatro», pensó ella evitando mirar en dirección a Alistair, pero teniendo la sensación de que este estaba sonriendo. O, más bien, haciendo una mueca.

–No es lo que piensas, Mavis. Es como un hermano para mí. Nuestros padres tuvieron una relación –explicó, sabiendo que a Alistair no le gustaría oír aquello.

El cuerpo de Alistair la rozó por la espalda.

–Confiesa, cariño –dijo, apoyando las manos en sus hombros–. Siempre has estado un poco enamorada de mí.

Eso no era cierto. Bueno, tal vez le hubiese gustado nada más conocerlo, pero había sido solo un momento. O dos como máximo.

Clem le pegó un pisotón y deseó haberse puesto tacones de aguja, las bailarinas no tenían el mismo efecto. Él ni se inmutó y siguió muy cerca de ella. El cuerpo de Clem reaccionó, lo mismo que su imaginación. ¿Qué le estaba pasando? Se estaba apoyando en él y buscando la prueba de su excitación. La encontró entre sus muslos.

–Voy a matarte –le dijo entre dientes mientras hacía fuerza con el pie.

Él se inclinó y le mordisqueó el cuello, haciéndole cosquillas con la barba de tres días al mismo tiempo. Su aliento caliente olía a menta y a café. A café del bueno.

–Yo también voy a matarte a ti. Lentamente –le respondió Alistair en un susurro.

Mavis se agarró las manos con satisfacción.

–Pasadlo muy bien, parejita de enamorados. No hagáis nada que no haría yo.

Clem se zafó de Alistair, se giró y lo fulminó con la mirada.

–Piensas que te has salido con la tuya, ¿verdad?

A él le brillaban los ojos con determinación.

–Sube al coche.

Ella quiso desafiarlo. Estaba furiosa. Pero no quiso montar un espectáculo delante de la vecina.

Se subió al asiento del copiloto sin dejar de sonreír falsamente para que Mavis no sospechase.

—Si piensas que voy a volver a hablarte, estás loco
—dijo cuando se hubieron alejado—. Eres el tipo más
repugnante que he conocido en toda mi vida. El
último hombre por el que me habría interesado. Te
odiaba hace diez años y te sigo odiando. Eres un
esnob engreído que piensa que puede manejar a
todo el mundo a su antojo. Pues escúchame bien,
no voy a permitir que me manipules. De eso, nada.

El coche avanzó tres calles en silencio.

Clem lo miró de reojo.

—¿No vas a decir nada?

Él la miró con ironía.

—Pensé que no ibas a hablarme.

Clem apretó los labios y volvió a clavar la vista
al frente. Esperó cuatro calles más antes de pregun-
tar:

—¿Adónde me llevas?

—Al aeropuerto. Ya he comprado los billetes.

Ella lo miró.

—¿Tan seguro estabas de que me ibas a convencer para que fuese?

—Por supuesto —respondió Alistair en tono divertido.

A Clem no le importaba que se mostrase tan seguro de sí mismo. Los hombres sexualmente segu-
ros de sí mismos no le gustaban. Se preguntó con
quién estaría saliendo Alistair. Un par de meses
antes había visto una foto suya en una revista con
una rubia despampanante.

–¿Y qué le parece a tu novia que vayas a Francia conmigo?

–No salgo con nadie en estos momentos.

–¿Cuándo has dejado a la última?

Él la miró de reojo.

–¿Por qué quieres saberlo? ¿Estás pensando en reemplazarla?

Clem rio.

–Sí, claro.

Se hizo otro silencio y Clem no pudo evitar preguntarse cómo sería tener sexo con él. Un sexo satisfactorio, no como el que había tenido con otros hombres, sino un sexo sensual y apasionado.

–¿Y tú? –le preguntó Alistair–. ¿Tengo que preocuparme de que pueda venir un amante celoso con un bate de béisbol?

Clem pensó en inventarse a un novio. Un hombre decente y respetable, que la apoyase, la hiciese sentirse especial, la adorase. Pensó que resultaba patético admitir que estaba soltera cuando todas las chicas de su edad se estaban divirtiendo. Ella se divertía con una buena tableta de chocolate y un libro.

–Disfruto mucho de mi independencia. Y no tengo que molestarme en encajar en la agenda de otra persona, ni tengo que esperar a que me llamen. No me paso los fines de semana viendo aburridos partidos de fútbol ni peleando por el mando a distancia. Es estupendo.

Alistair sonrió de medio lado.

–Sí.

–¿Tú has vivido con alguien alguna vez?

«¿Por qué le has preguntado eso?».

–No. Me gusta mi independencia.

–¿Y dónde vive Harriet?

Los labios de Alistair se volvieron a tensar.

–Conmigo, pero la he matriculado en un internado a partir del próximo trimestre.

Clem se preguntó si era ese el motivo por el que la chica se había fugado. Seguro que la pobre estaba desesperada por encontrar un lugar en el que se sintiese querida. No obstante, era una pena que lo hubiese intentado con su hermano. Jamie no era lo suficientemente maduro para cuidar ni siquiera de sí mismo, mucho menos de su pareja.

–¿Y qué opina ella al respecto?

–Es una niña. No le he dado elección. Es lo mejor para ella.

Al oírlo hablar así, a Clem no le extrañó que la chica se hubiese escapado.

–Tal vez debías haberlo hablado con ella –comentó Clem–. Debíais de haber tenido una discusión familiar.

–No es familia mía –replicó él–. No es nada mío, pero no podía echarla a la calle.

–¿Y por qué no la dejaste con tu padre?

Alistair tardó mucho en responder.

–No era una opción –dijo por fin en tono seco, zanjando el tema.

A Clem nunca le había gustado el padre de Alistair. ¿Cómo iba a sentir simpatía por un hombre que había abandonado a su esposa con una enfermedad terminal por otra mujer? Lionel Hawthorne era un encantador de serpientes muy egoísta.

–¿Y no tiene más familia? –preguntó–. ¿No tiene un padre biológico, tíos o abuelos?

–No. Salvo su madre, pero olvídate de ella –dijo Alistair en tono cínico, como si ya lo hubiese intentado.

–¿Dónde está su madre?

Él agarró el volante con más fuerza.

–Poniéndose morena en alguna playa de México, probablemente con un traficante de drogas.

Clem se mordió el labio inferior. Aquella imagen le resultaba muy familiar. Había crecido con una madre que cambiaba de pareja como de camisa. Había tenido novios agradables, como el de la casa de campo a las afueras de Niza, pero otros habían sido todo lo contrario. Horribles. Hombres horribles que se habían aprovechado de su madre, una mujer inocente y confiada, que habían fomentado sus conductas adictivas sin pensar en que tenía hijos, que la habían animado a pasar los días bebiendo y de fiesta. Aquel era el motivo por el que Clem estaba tan decidida a evitar que Jamie siguiese aquel camino.

–¿Y los servicios sociales? ¿Te has puesto en contacto con ellos?

–Harriet ya ha estado en un hogar de acogida –le contó él–. Y no le fue bien. Por eso he pensado que lo mejor sería buscarle un buen colegio, para que tenga alguna oportunidad en el futuro. No obstante, nunca me ha dado las gracias por ello.

–Es una adolescente –dijo Clem–. No se le

puede dar un ultimátum ni obligarla a hacer lo que tú quieres. Hay que saber negociar.

Él volvió a mirarla de manera burlona.

−¿Es lo que tú haces tan bien con tu hermano?

Clem se ruborizó.

−Los chicos adolescentes son muy difíciles de llevar. Necesitan un buen modelo masculino. Yo lo hago lo mejor que puedo, pero sé que no es suficiente. Ni mucho menos.

−¿Y su padre?

Clem supo que, si no se lo contaba, Alistair conseguiría averiguarlo de todos modos.

−En la cárcel.

−¿Por?

−Robo con violencia.

−Qué bonito.

−Sí.

Se hizo otro silencio.

−¿Y tu padre? −preguntó Alistair.

−Murió.

Notó que Alistair la miraba, pero ella siguió con la vista clavada al frente.

−¿Hace cuánto tiempo?

−Quince años.

−Lo siento.

Clem dejó escapar una carcajada.

−No te preocupes.

−¿Tuviste relación con él cuando eras niña?

−No. Siempre fue un padre ausente. Incluso cuando estaba con nosotras nunca estuvo con nosotras, no sé si me entiendes.

Entraron en el aparcamiento de Heathrow.

–Por desgracia, te entiendo.

Alistair le dio las llaves al aparcacoches de la entrada y tomó la maleta de Clem.

–¿Qué traes aquí? Pesa más que el coche de alquiler.

Ella lo desafió con la mirada.

–No soy de las que se arregla con un cepillo de dientes y unas braguitas limpias. Necesito... cosas.

Él arrastró la maleta, pero una de las ruedas estaba rota. Le dio la vuelta y la agarró del asa, que se rompió. Juró entre dientes y se puso recto.

–Necesitas otra maleta.

A ella le brilló la mirada, como si lo estuviese retando. ¿O era miedo?

–¿Para qué? No voy a rehacer la maleta en medio del aeropuerto. Y, de todos modos, no me puedo permitirme comprar otra.

–Yo te la regalaré.

A ella le ardieron las mejillas.

–No necesito limosnas.

Alistair pensó que se ponía muy mona cuando estaba enfadada. Le impresionaba que fuese tan orgullosa. También pensaba que podía ser más lista que él, pero no tenía ningún peligro.

–Te prometo que no compraré una cara. Ven. Hay una tienda de maletas ahí.

Una vez en la tienda, Alistair esperó a que Clem

escogiese una, pero ella se quedó inmóvil, con el ceño fruncido.

–Si no eliges una maleta, lo haré yo en tu lugar –le advirtió–. ¿Tienes alguna preferencia de color?

–Ya te he dicho que no quiero una maleta nueva.

Él señaló a la zona en la que estaban las de Louis Vuitton.

–¿Qué te parece esa?

–No. Es carísima. No puedo...

–Aquella –le dijo Alistair al dependiente.

Luego salieron y buscaron un lugar en el que cambiar las cosas de Clem de maleta.

–¿Necesitas ayuda?

–No. Gracias –respondió ella muy tensa mientras se agachaba e intentaba abrir la cremallera.

–¿Seguro que no necesitas ayuda?

–No.

La cremallera cedió de golpe y la ropa salió despedida. Clem empezó a recoger camisetas, pañuelos, sujetadores, braguitas y zapatos. ¿Cuántos pares de zapatos necesitaba una mujer?

–Yo diría que todavía te quedaba espacio en esa esquina –bromeó Alistair–. Para unos pendientes.

Ella lo fulminó con la mirada.

–Ja. Ja. Ja.

Pero entonces empezó a buscar algo entre la ropa, con el ceño fruncido, mordiéndose el labio inferior, cada vez más desesperada.

–¿Qué buscas?

–Nada –suspiró, revolviéndolo todo.

Alistair se dio cuenta de que estaba empezando

a cundir el pánico en ella. Se inclinó y tomó una taza de rayas azules y blancas que estaba tapada por una camiseta.

–Había oído que la gente mete de todo en la maleta, pero esto no lo había visto nunca –comentó–. No sé si sabes que hay vasos y cubiertos en Francia.

Ella tenía los labios apretados.

–Es mi taza favorita –dijo, arrebatándosela y pegándosela al pecho–. No voy a ninguna parte sin ella.

Alistair la observó mientras guardaba sus cosas en la maleta nueva. Clem había pasado del pánico a la meticulosidad, el cuidado y la precisión. Él nunca había visto una maleta tan bien hecha. Era como una obra de arte en la que colores y tejidos estaban coordinados. Increíble. Para terminar envolvió la taza con una camiseta y la dejó cuidadosamente en el centro de la maleta. La taza no era precisamente de porcelana fina, sino una taza normal y corriente tan vieja que se le estaban borrando las rayas.

¿Por qué era tan importante para ella? ¿Se la habría regalado alguien a quien quería mucho? ¿Su madre? Era un regalo muy barato para una hija única, pero a Alistair le pareció que era posible, sabiendo lo que sabía de su madre. ¿O su padre? Clem no había hablado con demasiado cariño de él. ¿Su hermano?

–¿Quién te regaló la taza?

–Nadie –respondió ella mientras cerraba la maleta–. Es solo que me gusta mucho.

Alistair estudió su rostro. ¿Lo estaba desafiando o estaba avergonzada? ¿Tenía algún motivo para sentir vergüenza?

—Si tanto te gusta, ¿no deberías llevarla en el equipaje de mano?

—No quiero arriesgarme a que me la quiten en el control de seguridad. A veces se ponen muy puntillosos con las cosas.

—Cierto, ¿pero has visto cómo tratan las maletas?

—Otro motivo por el que no suelo volar.

Alistair la miró fijamente.

—¿Te pone nerviosa montar en avión?

—¿Por qué me preguntas eso?

—Porque no dejas de tocar la costura del asa del bolso.

Ella dejó de mover los dedos de repente.

—¿Quieres criticarme por algo más?

—No critico. Observo.

Clem lo miró fijamente a los ojos.

—Sé lo que estás pensando.

Alistair esperó que no lo supiese, si no, jamás se subiría al avión con él.

—¿Qué estoy pensando?

«¿Además de que quiero besar esa boquita?».

—Que estoy loca —le dijo ella, levantando la barbilla.

—Todos tenemos manías. Sin duda, descubrirás algunas de las mías en los próximos días.

Ella abrió mucho los ojos, sorprendida, y añadió en tono burlón:

–¿Qué? ¿Don Perfecto tiene una manía o dos? Eso habrá que verlo.

Lo que quería ver él era a Clem con aquella ropa interior de encaje que había visto en su maleta. La idea era terriblemente inconveniente ya que, de todas las mujeres del mundo, aquella era con la que menos quería complicarse la vida. Clementine Scott solo podía traerle problemas.

No lo debía olvidar.

Capítulo 3

CLEM le dio su pasaporte al oficial de policía y esperó a que este se lo devolviese. Le ocurría siempre que viaja al extranjero. Daba igual que se encontrase con un hombre o una mujer, mayor, joven o de mediana edad, todos respondían del mismo modo: arqueaban las cejas al leer su nombre, hacían una mueca y la miraban de manera burlona. En aquella ocasión también ocurrió.

–¿Luz de Luna? –dijo el oficial–. ¿De verdad se llama así?

–Es mi segundo nombre –respondió ella entre dientes.

El policía le puso el sello mientras se reía.

–Qué afortunada.

«Muy afortunada». Sobre todo, teniendo a Alistair al lado para presenciar su humillación.

–Supongo que ese no era el nombre de ninguna abuela ni tía mayor –comentó.

–Ojalá.

–Te lo podías haber cambiado.

–Lo pensé, pero mi madre no me habría vuelto a hablar si lo hubiese hecho –respondió Clem, pensando que en realidad no le habría importado mucho.

–Y yo que me creía desgraciado porque me habían puesto de segundo nombre Enoch.

Clem lo miró.

–¿Enoch?

–Hay cientos si no miles de nombres bíblicos que me habrían gustado más, pero era como se llamaba mi abuelo materno –comentó–. Tradiciones familiares y esas cosas.

–Umm, bueno, mi madre no siguió ninguna tradición familiar, salvo la de quedarse embarazada con quince años, lo mismo que su madre –le contó Clem–. Al parecer, me concibió bajo la luz de la luna y quería algo que le recordarse siempre aquel momento. Además de tenerme a mí.

Esperó a que Alistair se echase a reír, pero él siguió andando por el pasillo hacia la puerta de salida con la misma expresión inescrutable.

–¿Tu hermano también tiene dos nombres? –preguntó poco después.

–No –le contestó ella–. No lo tiene porque a su padre no le gustaba.

Él la miró de reojo.

–Tuvo suerte.

–No sabes cuánta.

Clem se sentó en su asiento de primera como si estuviese acostumbrada a hacerlo de toda la vida. No merecía la pena que Alistair se diese cuenta de lo incómoda y fuera de lugar que se sentía. Podía fingir que era una mujer sofisticada. Podía beber champán y comer deliciosos canapés como la que más. También podía recostarse en el sillón y hojear revistas de moda como si no tuviese ninguna otra preocupación... ni un hermano que se había fugado a la Riviera francesa con la hermanastra de su mayor enemigo.

Después de tres copas de champán Clem empezó a relajarse, pero no le entraron ganas de dormir, sino de charlar. Era uno de los motivos por los que no solía beber, además de por el precio. Nunca sabía cómo le iba a afectar el alcohol. En ocasiones le entraba sueño, otras veces hablaba demasiado, pero en aquella ocasión estaba teniendo un efecto que no había experimentado nunca antes. Su cuerpo quería... contacto. Contacto sexual entre un hombre y una mujer. Se giró a mirar a Alistair, que estaba leyendo un documento con el ceño fruncido.

–¿Dónde fuiste de vacaciones la última vez?

Él pasó la página sin mirarla.

–A Nueva York, pero fue un viaje más de trabajo que de placer.

El avión en el que volaban era de los aviones comerciales más pequeños, así que los asientos estaban mucho más juntos que si hubiesen viajado en un Airbus. Clem subió la mano lentamente hacia el brazo en el que Alistair tenía la suya, como si tuviese voluntad propia. Ella le observó con fascinación y se preguntó qué le habrían puesto en el champán. ¿De verdad quería tocar el vello oscuro de su antebrazo? ¿De verdad se estaba acercando a él para poder sentir los fuertes músculos de su

brazo en la curva de los pechos? ¿Se estaba acercando tanto como para aspirar su olor a colonia y a
limpio?

Alistair la miró con expresión indescifrable.

–Si querías el asiento del pasillo en vez del de la
ventanilla me lo podrías haber dicho antes.

Clem miró su boca, no lo pudo evitar. El contorno
de sus labios la fascinó. Tenía el labio superior más
fino que el inferior, y una ligera sombra de barba que
le hizo desear pasar los dedos por su piel. No podía
dejar de preguntarse cómo sería que aquellos labios
la besasen. Tenía la sensación de que si Alistair la
hubiese besado no habría podido olvidarlo jamás.
Jamás. Jamás. Jamás.

–¿Nunca sonríes? –le preguntó.

–Ocasionalmente.

–¿Cuándo fue la última vez?

–Ni se te ocurra.

Clem parpadeó fingiendo inocencia.

–¿Pensabas que te iba a besar?

–O eso, o que ibas a meterte debajo de mi piel.

–Si ni siquiera me gustas.

Él bajó la vista a sus labios.

–Eso nunca ha sido un impedimento para tener
buen sexo.

«No pienses en él en la cama. No lo hagas. Y,
mucho menos, contigo».

–Y tú de eso sabes mucho, ¿verdad? Me refiero
al buen sexo.

Alistair estuvo a punto de esbozar una sonrisa.

–¿Cuánto champán has bebido?

«Evidentemente, demasiado».

—Eso es —continuó Clem, volviendo a poner la espalda en el respaldo de su asiento y tomando una revista en la que había un artículo que explicaba cómo tener orgasmos múltiples—. Tendría que estar realmente borracha para tener algo contigo.

«O con cualquiera».

—Eso no va a ocurrir.

«¿Por qué? ¿Porque no estoy lo suficientemente delgada? ¿O porque me conociste con granos y gorda y ya no me puedes ver de otra manera?». Era evidente que Alistair no podía interesarse por alguien como ella, con su pasado, con su madre. Solo podía escoger a una mujer que encajase en su alto nivel de vida. Clem no tenía ninguna posibilidad. No la tendría jamás.

Ni quería tenerla.

Ya encontraría a un hombre.

Antes o después.

—Me alegra saberlo —dijo antes de enterrar la nariz en la revista.

A Alistair le habría venido bien estirar las piernas, pero Clem se había quedado dormida con la cabeza apoyada en su hombro. Podía aspirar su olor, una deliciosa mezcla de flores silvestres y algo más que era típico de ella. La revista se le había caído al suelo y tenía las manos en el regazo, los dedos largos y delgados, pero las uñas mordidas. ¿Por qué haría algo tan infantil? ¿Era insegura? ¿Estaba preocupada? ¿Nerviosa? Aunque no era de extrañar, con la familia que tenía.

Aunque él tampoco era el más indicado para hablar. Si pensaba demasiado en el comportamiento de su padre también podía comerse las uñas hasta llegar a los codos.

Clem murmuró algo y cambió de postura, haciéndole cosquillas en la barbilla con el pelo. Alistair sintió el deseo inexplicable de acariciarle la cabeza. Tenía un cuerpo suave y femenino, con las curvas perfectas. Unas curvas muy bellas. Tentadoras. Unas curvas que quería descubrir...

«Ni se te ocurra tocarla».

La alarma de su conciencia le recordó que mantuviese las distancias de seguridad. Hacía tiempo que no había tenido una relación. Ese era el problema. No era adicto al sexo ni nada parecido, pero sí que era muy práctico con respecto a sus necesidades físicas. Si tenía tiempo en su apretada agenda para una relación, invertía en ella. En los últimos tiempos su trabajo como arquitecto jefe de un proyecto multinacional había sido la prioridad. Eso, y lidiar con las meteduras de pata de su padre.

No podía entender que su padre tuviese semejante gusto en lo relativo a las mujeres. Después de veinticinco años casado con su elegante, equilibrada y elocuente madre, Helene, su padre había empezado a salir con mujeres que eran todo lo opuesto a ella. Descaradas y ruidosas, cazafortunas, mujeres que se preocupaban más por sus deseos sexuales que por sus hijos.

Alistair no estaba en contra del matrimonio, ni mucho menos. Tenía planeado sentar cabeza algún día con una mujer con la que compartiese intereses y valores. Construir una vida juntos, tener una familia y hacer lo mismo que habían hecho sus padres antes de que su madre enfermase. Él no sería el marido que había sido su padre. Él no tenía ningún problema con el compromiso y la fidelidad. Creía en ellos... cuando llegase el momento adecuado y con la persona adecuada, pero no se comprometería hasta que no estuviese seguro de que la persona era la correcta.

Todo había cambiado cuando a su madre le habían diagnosticado el cáncer de hígado. Su padre no había podido esperar a estar con otra mujer. Había sido como si la idea de perder a Helene hubiese despertado algo en él. La pérdida del hermano pequeño de Alistair, Oliver, con solo dos años había sido la primera tragedia familiar. Entonces, su padre ya había tenido un desliz y su madre lo había perdonado. Pero cuando esta se había puesto enferma y su padre había vuelto a actuar presa del pánico ya no había habido marcha atrás. No habían valido discursos ni ruegos. Su padre había sido como un tren fuera de control. Imparable.

Alistair había intentado desesperadamente que su madre no se enterase de la aventura de su padre con la madre de Clem, pero Brandi había ido a la clínica y se había presentado como la nueva pareja de Lionel. Después se había justificado diciendo que quería que Helene supiese que su marido estaría en buenas manos.

Pero lo que más había enfadado a Alistair había sido ir un día a casa de sus padres a recoger ropa para su madre y haberse encontrado a Clem en su dormitorio, esperándolo recién duchada. Se había sentido furioso con ella y todavía más consigo mismo por haberla deseado.

Casi no recordaba lo que le había dicho en aquel momento. Solo recordaba su enfado con dieciséis años y que ella se había levantado envuelta en la toalla y lo había mirado de manera desafiante. Al día siguiente, cuando Alistair había vuelto por el resto de las cosas de su madre alguien le había rayado todo el coche.

Eso era lo que tenía que recordar de Clem, que no podía arriesgarse. No podía confiar en ella. Era el enemigo y tendría que mantenerla vigilada.

Demasiado cerca para sentirse cómodo.

Clem se despertó justo cuando estaban aterrizando. Parpadeó y se apartó del hombro de Alistair, avergonzada y con la esperanza de no haber babeado ni roncado.

–Siento haberte arrugado la camisa –dijo–. Tenías que haberme empujado hacia el otro lado.

Lo miró, pero su expresión era inescrutable. Tal vez no hubiese roncado.

–¿Cuál es el plan?

Alistair la miró a los ojos.

–¿El plan?

Clem hizo un esfuerzo para no mirarle los labios.

–Sí, ¿por dónde vamos a empezar cuando aterricemos?

–Vamos a empezar recogiendo el coche de alquiler. Después, buscaremos un hotel.

A Clem se le aceleró el corazón. No había pensado en el alojamiento y ella no podía permitirse pagar un hotel.

–Vamos a reservar dos habitaciones, ¿verdad?

–No.

–¿Cómo que no?

–Será más barato compartir una suite.

A Clem se le hizo un nudo en el estómago.

–Tú puedes permitirte alojarte donde quieras.

–Yo sí, pero tú, no.

–¿Y esperas... que pague mi parte?

–¿Sería eso un problema?

Alistair no parecía estar hablando en broma, pero Clem tuvo la sensación de que se estaba burlando de ella. Le estaba recordando sus diferencias. Él solo se quedaba en hoteles de cinco estrellas. Y ella solo podía permitirse las estrellas del cielo.

–Siento tener que recordarte que fue idea tuya venir –comentó Clem–. ¿Por qué debería pagar yo nada?

Él sonrió de medio lado, como si estuviese conteniendo una sonrisa de verdad.

–Compartiremos suite, pero no cama.

Estar en el mismo hemisferio ya era bastante malo para Clem. ¿Cómo iban a compartir habitación? ¿Cómo iba a mantener ella sus... rutinas, ya que se negaba a llamarlas obsesiones, sin que Alis-

tair la viese? Se reiría de ella. Clem nunca compar-
tía habitación con nadie, no lo había hecho desde
niña, cuando había compartido habitación con Jamie para evitar que los amantes de su madre lo tra-
tasen mal. Nunca había dormido con ninguno de
los hombres con los que había estado, aunque no
había estado con muchos.

Odiaba que nadie la viese antes de arreglarse. ¿Y
si se levantaba con una marca de la sábana en la
cara o despeinada? ¿Y si dormía con la boca abierta
o roncaba? Se pasaría toda la noche sin dormir,
preocupada. Aunque estaba acostumbrada a dormir
mal.

—Quiero mi propia habitación. Insisto. Yo la pagaré, tengo dinero —mintió.

—De acuerdo, pero he reservado en el Hotel de
París.

A Clem se le hizo un nudo en el estómago.

—¿Y no podemos quedarnos en otro lugar más...
económico?

—No —sentenció Alistair.

No había nada que molestase más a Clem que la
intransigencia, que las personas poco flexibles, que
no transigían. Aquello la ponía tensa. ¿Qué derecho
tenía Alistair a decidir dónde tenía que dormir ella?
Nadie, mucho menos él, iba a decirle dónde tenía
que pasar la noche. Prefería dormir en la guarida de
un león.

Sonrió para sí.

Una noche compartiendo habitación con ella y
Alistair estaría encantado de dejarla dormir sola.

Era probable que pagase el doble, no, el triple, para que lo hiciera.

Clem fingió estar muy pensativa durante todo el trayecto hasta el hotel de Montecarlo. Respondió con monosílabos en las raras ocasiones en las que Alistair le dirigió la palabra. Estaba deseando poner su plan en marcha y demostrarle que era más lista que él.

Pero cuando se detuvieron delante del Hotel de París supo que no podía permitirse ni tomarse un café en un lugar así, mucho menos pagar una habitación. Nunca había estado en un lugar tan impresionante. La recepción estaba llena de flores, mármol, lámparas de araña y muebles antiguos. Podría haberse quedado en ella todo el día, con la boca abierta.

Pero al ver a tanta gente guapa entrando y saliendo se sintió completamente fuera de lugar. No encajaba allí y estaba segura de que la gente la miraba con extrañeza.

Se preguntó si Alistair habría hecho aquello a propósito para marcar las diferencias entre los modos de vida de ambos. Ella no podía pagar su parte allí. Ni siquiera podía dar propinas.

La suite que les dieron era cuatro veces más grande que su estudio. Tenía dos dormitorios, un salón y un lujoso baño. Los muebles eran elegantes y todo estaba decorado en blanco, crema y oro. Las piezas antiguas encajaban a la perfección con las camas y sofás modernos, y había alguna que otra muestra de color en los cojines.

Una vez instalada en su habitación, Clem miró si tenía mensajes en el teléfono. Seguía sin noticias de Jamie, pero su madre le había dejado un mensaje pidiéndole dinero. Lo había hecho desde que Clem había conseguido su primer trabajo en la adolescencia. Su madre no era capaz de ganar dinero por sí misma y el que conseguía se le escapaba como agua entre los dedos.

Brandi siempre necesitaba ropa nueva porque había dejado la vieja en casa de su último novio y no podía pasar a recogerla. O debía algún mes de alquiler, de la luz o el gas. O necesitaba dinero para comer. Y si Clem no se lo daba, vivía preocupada preguntándose qué sería capaz de hacer Brandi con tal de conseguirlo.

Le hizo una transferencia rápidamente y le puso un mensaje de texto. Se debatió entre contarle o no que Jamie se había escapado y decidió no hacerlo. Su madre no lo vería de la misma manera que ella y alentaría a Jamie a hacer lo que le dictase su corazón. De todos modos, Clem no llamaría a su madre mientras Alistair estuviese cerca, no quería pasar tanta vergüenza.

Salió de la habitación y se encontró con Alistair comprobando también sus mensajes.

—¿Tienes noticias de Harriet?

Él se guardó el aparato en el bolsillo.

—No. ¿Y tú de tu hermano?

Clem no se lo habría dicho si las hubiese tenido.

–No –respondió, sentándose y apoyando los pies en la mesita del café–. Estoy agotada. ¿Cuándo comemos?

Él tomó su chaqueta del respaldo de una silla.

–Después. Ahora quiero dar una vuelta por la zona del casino, a ver si los encontramos. Ven.

Clem se levantó a cámara lenta.

–¿No se te olvida algo? Harriet es menor de edad, no creo que la hayan dejado entrar en el casino.

Él abrió la puerta y esperó a que pasase.

–La amiga de Harriet está en contacto con ella y sabe que siguen en Montecarlo hoy, pero se marchan a Italia mañana. Van a ir a Livorno por la costa.

–¿Quién es esa amiga? –preguntó Clem.

Él frunció el ceño.

–Una chica que va con ella al colegio. Jenny... no, Jenna. ¿Por qué?

Clem se encogió de hombros.

–Por nada.

Él cerró la puerta y la miró a los ojos.

–Dime lo que piensas.

–Nada –respondió ella.

Él frunció el ceño.

–¿Piensas que me está engañando?

–Tal vez.

–¿Por qué?

Clem no podía creerse que le estuviese haciendo aquella pregunta.

–¿Tú sabes algo de chicas adolescentes? –le preguntó Clem–. ¿Cómo son de amigas la tal Jenna y Harriet?

–Supongo que bastante, si no, Harriet no estaría contándole sus planes.

–¿Y por qué iba Jenna a traicionar a su amiga?

Él se quedó pensativo.

–¿Porque le preocupa que su amiga se haya fugado con un chico al que acaba de conocer?

Clem negó con la cabeza.

–Yo pienso que Harriet le está diciendo a su amiga lo que te tiene que decir.

–¿Por qué? –preguntó Alistair sorprendido.

–Porque a los adolescentes le gustan mucho estas historias de amores imposibles.

–¿Has dicho amor? Si son dos niños que deberían estar en el colegio. Por favor, ¿qué pueden saber de amor?

–Los adolescentes viven muchas cosas intensamente, en especial, el primer amor –le explicó Clem–. Es un momento crucial. ¿No te acuerdas de cómo fue para ti, o siempre has sido igual de tieso y aburrido?

Él la fulminó con la mirada.

–¿Tienes alguna idea de dónde podría haber llevado tu hermano a Harriet?

–No, nunca me habla de nada. Cuando está en casa prácticamente se limita a gruñir.

Él se pasó una mano por el pelo con impaciencia.

–Esto es ridículo –dijo–. Hemos venido hasta aquí para nada. Esos niños podrían estar en cualquier parte.

–Por eso no quería venir yo.

–No me lo puedo creer.

Clem miró hacia donde estaba él, delante de la ventana, mirando a la calle.

–¿Qué?

Él le hizo un gesto para que se acercase sin apartar la vista de la calle.

–Mira –añadió, señalando la terraza de una cafetería que había cerca de la entrada del casino, enfrente de su hotel–. ¿Ves a la chica que está sentada en la mesa que hay más cerca del casino? ¿La rubia?

A Clem le costó concentrarse teniendo a Alistair con un brazo prácticamente alrededor de sus hombros para guiar su línea de visión. Su cercanía la aturdía.

–Umm... ¿Cuál de ellas? Hay unas veinte rubias ahí afuera.

Todas muy guapas y con cuerpos de modelo. Por supuesto.

Él la hizo girarse.

–La de las mechas rosas. ¿La ves? Está mirando su teléfono.

Clem no veía demasiado bien de lejos.

–Si esa es Harriet, ¿dónde está Jamie?

–Buena pregunta –admitió él, apartando el brazo de sus hombros y tomando su mano–. Ven. Vamos a averiguarlo.

A Clem le hubiese gustado poder asearse. Estaba sudada después del viaje, despeinada.

–¿No puedo darme una ducha antes?

–No.

–¿Y si no es Harriet? Desde aquí no puedes estar seguro. Podrías estar confundiéndote y que te detuviesen por acoso –balbució–. ¿De verdad quieres meterte en ese lío? ¿Te imaginas lo que diría la prensa?

Alistair le agarró la mano con más fuerza.

–Es mi hermanastra y supongo que tu hermano no estará muy lejos, por eso vas a venir conmigo.

Clem intentó zafarse, lo miró con el ceño fruncido.

–Pero no hace falta que te pongas así.

Él no la soltó. El calor de su mano hizo que Clem sintiese calor entre los muslos. La miró a los ojos, de una manera muy extraña, como si se estuviese preguntando cómo sería besarla. Clem se humedeció los labios y él siguió el movimiento de su lengua con la mirada.

El tiempo se detuvo por un instante.

Pero entonces Alistair juró entre dientes y se apartó bruscamente.

–No va a funcionar, Clementine. Ahórrate tus trucos de seducción para otro. Yo no estoy interesado.

Ella rio con incredulidad.

–¿Piensas que estoy intentando seducirte? ¿A ti? No me hagas reír.

Él abrió la puerta de la suite con impaciencia y frustración.

–Estamos desperdiciando un tiempo precioso. Vamos.

Clem levantó la barbilla.

–No puedes tratarme como si fuese tu sierva. Saldré por esa puerta cuando esté preparada.

–Si no sales a la de tres...

–¿Qué me vas a hacer? –le preguntó, acercándose y apoyando las manos en su fuerte pecho, donde pudo sentir lo rápido que le latía el corazón.

A Alistair se le había oscurecido la mirada. La agarró con fuerza por las muñecas y a Clem se le aceleró también el corazón al sentir la tensión en la parte baja de su cintura. Su erección era inconfundible.

–Entonces, esto –dijo él, besándola.

Capítulo 4

CLEM no había pretendido responder al beso de Alistair, pero en cuanto sus labios la tocaron perdió toda la fuerza de voluntad. Fue un beso apasionado, ardiente. Un beso en el que Clem iba a pensar durante mucho tiempo, durante el resto de su vida.

Fue emocionante, fascinante, peligroso.

Clem se sintió como si estuviese jugando al ajedrez con un gran maestro y ella no tuviese ni idea de las reglas del juego, pero lo besó con todo el fuego de su alma que durante tanto tiempo había reprimido.

Él profundizó el beso y la apoyó contra la pared, agarrando su cabeza con ambas manos, atrapándola contra su cuerpo. Estaba muy excitado y Clem deseó tenerlo todavía más cerca. No estaba acostumbrada a desear a alguien así. Quiso quitarle el cinturón, bajarle la cremallera de los pantalones y acariciarlo. Quiso que la penetrase y le hiciese olvidar la vergüenza de la primera vez, la decepción de la segunda y la tercera.

Aquello era lo que quería sentir. Quería sentirse viva.

Pero justo cuando estaba pensando en desabrocharle el cinturón Alistair la soltó. Y ella se sintió como si la hubiesen empujado al borde de un abismo. Se le doblaron las piernas.

—No tenía que haber ocurrido —sentenció él, apretando los labios.

No le había dicho que había sido el beso más increíble de toda su vida, sino que no tenía que haber ocurrido. Al parecer, le había causado una buena impresión.

Clem se colocó bien las gafas y se frotó las muñecas.

—Entonces, supongo que no habrá una segunda vez, ¿no?

La expresión de Alistair era indescifrable, Clem solo se dio cuenta de que seguía mirándola con deseo.

—A ti te gustaría, ¿no? Sería todo un trofeo. Te encantaría contárselo a tu madre. Ella consiguió al padre y tú, al hijo.

Clem rio.

—Hay muchas cosas de las que jamás hablaría con mi madre, y una de ellas es mi vida sexual. Puedes estar tranquilo, Alistair, no tengo ningún interés en acostarme contigo. Ya no me acuesto con ningún hombre que no me ve como a su igual.

Él no respondió. Sujetó la puerta abierta para dejarla pasar. Ella pensó que necesitaba tiempo para tranquilizarse y recuperar la compostura. El beso de Alistair había sido demasiado peligroso, peligroso para una chica que no tenía ningún derecho a soñar con un final feliz. No con él. No con un hombre que podía tener todo lo que quisiese, y que no la quería a ella. Aquello formaba parte de su plan de venganza. Solo había insistido en que la acompañase para encontrar a su hermano. Y la prioridad de Clem tenía que ser proteger a Jamie.

Costase lo que costase.

Alistair se maldijo por haber besado a Clem. ¿En qué había estado pensando? No había pensado, ese era el problema. Se había dejado llevar por el instinto, cosa que no solía hacer. Había perdido la razón en cuanto sus labios habían tocado la bonita, suave y sexy boca de Clem. Una boca que le iba a costar olvidar, que jamás había olvidado.

Se maldijo. Todavía tenía en los labios su sabor a vainilla, leche y canela. También le iba a costar olvidar su cuerpo, sus voluptuosos pechos pegados al de él, sus caderas en contacto. Había estado a punto de dejarse llevar y tomarla allí mismo. De hecho, no sabía cómo no lo había hecho.

Solo había querido estar dentro de ella y hacerla gritar de placer. Su cuerpo todavía lo deseaba. ¿Qué tenía Clem que le hacía reaccionar así? ¿Sería porque siempre la había considerado tabú? ¿Porque sabía que era la única mujer a la que no podía tener porque su padre había tenido una aventura con su madre?

¿O era porque Clem era la personificación de lo que siempre evitaba en una relación temporal? Había conexión entre ambos y él nunca conectaba con sus amantes. Solo tenía sexo, no había emoción. Había visto cómo su madre se venía abajo por amor tras la ruptura de su matrimonio. Nada había podido consolarla ni calmar su dolor.

Alistair no tenía nada en contra del concepto de enamorarse, pero no podía enamorarse de Clem. Con Clem sentía que no tenía el control de la situación. Su vida estaba bien tal y como estaba, o lo estaría cuando Harriet volviese sana y salva a casa y él la enviase al internado. Eso también lo asustaba de Clem. Esta había hecho que se le olvidase su misión de encontrar a su hermanastra. ¿Lo habría hecho a propósito? ¿Habría sido una táctica para evitar que saliese corriendo hacia la cafetería?

Por supuesto que sí. Clem era muy lista. Era una experta en aquel tipo de juegos, pero aquel no lo iba a ganar.

Clem se sentía cada vez más fuera de lugar. La cafetería estaba llena de gente y las calles, todavía más. Tenía la sensación de que la ropa se le pegaba donde no debía y, a pesar de tener un peso normal, seguía sintiéndose como un elefante con mallas. También tenía el pelo pegado a la frente y a la nuca. La pizca de maquillaje que se había puesto se había derretido con la humedad y el calor del verano. Se limpió los ojos y vio, consternada, que se le manchaba la mano de rímel. Estupendo. Además de un elefante, parecía un oso panda.

Alistair recorrió la cafetería con la mirada, pero vio a una familia de cinco personas en la mesa en la que había estado sentada la chica. La madre y el padre sonreían a algo que los niños habían dicho. Clem intentó no sentir celos al ver aquella estampa doméstica.

Clem pensó en la de veces que había estado en una cafetería con su madre y uno de los novios de esta, y que ninguno lo había mirado con aquella adoración, sino más bien como si no quisieran que estuviese allí. Y eso había hecho que se sintiese frustrada y de mal humor. Por eso había comido demasiado.

Alistair juró.

—Maldita sea, se ha marchado —dijo, girándose hacia ella—. Era lo que querías, ¿verdad?

Clem arqueó las cejas.

—Ah, ¿piensas que he permitido que me beses como técnica de distracción?

—¿Por qué has dejado que te bese?

—En realidad, no me has dejado otra opción.

Él bajó la vista a sus muñecas, que Clem se acababa de frotar inconscientemente. Frunció el ceño y tomó su mano derecha, le dio la vuelta y vio que tenía una marca roja. Le acarició la piel con cuidado.

—Lo siento —dijo con un gruñido.

Clem apartó la mano de la suya antes de que le diese por devolverle la caricia.

—Olvídalo. Yo ya lo he hecho —le mintió.

—¿Quieres comer algo, ya que estamos aquí?

Clem no supo cuál era el motivo de la invitación, pero tenía hambre.

–Sí, pero vamos a tener que esperar siglos a que nos den una mesa. Hay demasiada gente.

–Voy a ver qué puedo hacer.

Clem esperó a que Alistair hablase con el jefe de camareros. Lo hizo en francés fluido. Clem pensó que seguro que hablaba más idiomas, porque había recibido una buena educación, todo lo contrario que ella. Clem sintió esas diferencias cuando el camarero la miró con cierto desdén mientras los acompañaba a una mesa.

Una vez sentados, Clem le dijo a Alistair:

–No sabía que hablases francés. Lo haces como un nativo.

Él se limitó a asentir ligeramente.

–Es útil cuando viajo por trabajo.

–¿Qué otros idiomas hablas?

–Italiano, alemán, inglés y español, algo de mandarín y japonés, lo suficiente para defenderme.

–A mí los tres idiomas que se me dan mejor es el de las críticas, el sarcasmo y el ninguneo.

Él sonrió por fin y su rostro se rejuveneció.

–Me alegra saber que detrás de esa fachada de chica dura hay sentido del humor.

–No es una fachada –comentó Clem mientras tomaba su vaso de agua por hacer algo con las manos–. Lo que ves es lo que hay. Lo tomas o lo dejas. A mí me da igual.

–No te da igual –le respondió él, sin apartar la mirada de sus ojos–. Te importa mucho lo que los demás piensen de ti. Sé que te ha dolido que el camarero te haya mirado así.

–Bueno, si hubieses permitido que me diese una ducha y me cambiase, no me habría mirado de esa manera –le reprochó Clem.

–Lo siento, pero en ocasiones soy demasiado práctico.

–Menudo eufemismo.

Clem dio un sorbo a su vaso de agua.

–Pues sospecho que tú eres parecida.

Ella dejó el vaso.

–¿Yo? ¿Parecida a ti? Muy gracioso.

Él seguía sin apartar la mirada de la suya.

–A ambos nos gusta salirnos con la nuestra. No hacemos concesiones y no nos gusta admitir que estamos equivocados.

–Yo, de hecho, nunca me equivoco.

–Con eso está todo dicho.

–¿Qué quieres decir? –le preguntó Clem.

–Que eres la típica controladora. Ni se te pasa por la cabeza cometer un error. Buscas siempre la perfección.

–Sí, por eso estoy aquí sudando y con esta ropa –murmuró ella.

–¿Por qué escondes tu cuerpo debajo de esa ropa tan ancha?

Clem se encogió de hombros.

–No puedo permitirte vestir de diseñador.

–Pero esa no es la única razón, ¿verdad?

Alistair volvía a estudiarla con la mirada y Clem se sintió vulnerable.

–Me conociste con dieciséis años y sabes que no era precisamente un Rembrandt por aquel entonces.

–Eras infeliz e inestable –le dijo él en tono amable, un tono que Clem no le había oído utilizar hasta entonces–. Fue una época muy dura para ti.

Ella intentó sonreír, pero no pudo.

–¿Es otra disculpa del hombre que nunca se disculpa?

Él hizo una mueca.

–Tres en un día es todo un récord para mí.

–Qué suerte tengo.

El camarero llegó a tomarles nota. Clem escogió una ensalada sin aliño, como casi siempre, y agua mineral.

–¿Por qué no te comes algo con más sustancia? –le sugirió Alistair–. No puedes tomar solo una ensalada. ¿Y las proteínas?

–No tengo hambre.

–Sí que la tienes. Te he visto devorar con la mirada todos los platos con los que ha pasado el camarero.

«Este hombre ve más de lo que debería».

–Estoy demasiado cansada para comer. Ha sido un día muy largo.

–Yo pediré por ti.

Hizo un gesto al camarero y antes de que Clem pudiese protestar le había pedido en francés algo que sonaba tan tentador como él.

«Ten cuidado, está empezando a gustarte».

¿Cómo no le iba a gustar? Era un hombre fuerte, pero sensible. Siempre había admirado en él el modo en que cuidaba de su madre, intentando protegerla del comportamiento de su padre. En esos momentos se estaba responsabilizando de su hermanastra cuando no tenía por qué hacerlo. Cualquier otro hombre se habría encogido de hombros y habría continuado con su vida, contento de haberse deshecho del problema.

Pero Alistair Hawthorne, no.

Él no evitaba los problemas, los solucionaba. Su éxito como arquitecto era prueba de ello. Tenía fama de sacar adelante proyectos casi imposibles, era creativo y disciplinado, lo tenía todo para tener éxito en la vida.

Y besaba muy bien.

«No deberías pensar en el beso», se dijo, pasándose la lengua por los labios para comprobar si seguían sabiendo a él. Tenía los labios algo hinchados, sensibles. Se dio cuenta de que Alistair la estaba observando y se puso recta en la silla.

—Háblame de tu trabajo —le pidió—. ¿Te gusta?

—Mucho. ¿Y a ti el tuyo?

—Me encanta trabajar con libros antiguos y aprender de ellos. Me encanta tenerlos en las manos, su olor. Es como viajar en el tiempo —comentó Clem—. Perdona, seguro que te estoy aburriendo.

—No, me resulta interesante oír a alguien a quien le apasiona lo que hace. Hay muchas personas que hacen trabajos aburridos solo porque tienen que pagar las facturas.

—Bueno, sí, no sé si con mi trabajo se pueden pagar muchas facturas, pero me gusta.

Él tomó su copa de vino y dio un pequeño sorbo antes de volver a dejarla. Clem pensó que no había visto a los novios de su madre beber así, con tanto cuidado. Alistair era un hombre organizado, comedido. Por eso había llegado tan lejos en su trabajo. Y en la vida. No tenía a sus espaldas un montón de relaciones rotas, como su padre. Era discreto con su vida privada. Clem solo había visto una o dos fotos de él en público. No era de los que generaban habladurías.

Aunque empezaría a serlo si se corría la voz de que ella lo estaba acompañando en aquella loca aventura. La idea la aterró. No podía ni imaginar lo que la prensa diría de ella.

—¿Y aspiras a tener tu propia tienda algún día?

La pregunta hizo que Clem volviese a la realidad. Lo miró fijamente unos segundos, sintiéndose todavía más torpe y fuera de lugar. ¿Era su imaginación o la estaban mirando los clientes de la mesa de al lado? Debían de estar comentando cómo era posible que un hombre tan atractivo estuviese sentado con una mujer tan desaliñada.

—¿Ocurre algo? —preguntó Alistair con el ceño fruncido.

—No.

—Te veo un poco colorada. ¿Tienes calor? ¿Quieres tomar algo fresco?

Clem negó con la cabeza.

—Deja de preocuparte. Nos están mirando.

«Me están mirando, más bien».

—Mira, sé que no te apetece estar conmigo en

estos momentos, pero no me voy a marchar hasta que no encuentre a Harriet –le contestó él–. Estoy seguro de que era ella la que estaba aquí sentada.

–En ese caso, ¿dónde está Jamie? –le preguntó Clem–. Si tan unidos están, tendrían que haber estado aquí juntos.

–Yo supongo que no estaría muy lejos. Harriet debía de estar esperándolo cuando la hemos visto.

–O estaba enviándole otro mensaje a Jenna para seguir engañándote.

–Tal vez.

–¿Me disculpas? Tengo que ir al baño.

Como un caballero que era, Alistair se puso en pie mientras ella hacía lo mismo.

–Por supuesto.

Clem estaba volviendo de lavarse la cara y de intentar arreglarse un poco el pelo cuando vio una figura que le resultaba familiar sacando la basura de la cafetería por la puerta de atrás. El corazón le dio un vuelco.

–¡Jamie!

Este se sobresaltó al verla.

–Hola.

–¿Hola? ¿Eso es todo lo que me tienes que decir? ¿Te das cuenta del lío que has montado? Alistair Hawthorne te está buscando, le has robado el coche y te has llevado a su hermanastra. ¿Cómo se te ha ocurrido? ¿Y por qué no has contestado a mis mensajes y llamadas? No te puedes imaginar lo preocupada que estaba.

Jamie levantó una mano para hacerla callar.

–Para ya, hermanita. Sé lo que estoy haciendo.

–Lo que estás haciendo es ganarte un sitio en la cárcel, lo mismo que tu padre –respondió ella–. No puedes robar un coche y una gran cantidad de dinero y pensar que vas a salir indemne de ello.

–No lo he robado –respondió Jamie–. Lo he tomado prestado. Harriet tenía que marchase de allí y yo era la única persona con la que podía contar.

Clem frunció el ceño.

–¿Cómo la conociste?

–Por internet. Empezamos a charlar y nos dimos cuenta de que teníamos algo en común. Su madre se parece a la nuestra, o es todavía peor. La dejó tirada para irse con un tipo que había estado molestando a Harriet.

–¿Y por qué Harriet no se lo contó a Alistair? Tal vez él podría haber hablado con su madre para hacerla entrar en razón y...

–Lo único que quiere Alistair es meterla en un internado –la interrumpió Jamie–, pero ella lo que quiere es estar con su madre.

–¿Y dónde está Harriet en estos momentos?

–Trabajando.

–¿Trabajando?

–Sí –respondió él, orgulloso–. Yo también he encontrado trabajo. Lavo los platos aquí por las noches. Y Harriet ha conseguido trabajar a media jornada en una tienda de ropa. Vamos a devolver el dinero que tomamos prestado de Alistair. Harriet iba a llamarlo dentro de un par de días.

A Clem le sorprendió que su hermano estuviese trabajando. Era el chico más vago y poco motivado que conocía. Nunca había conseguido que moviese un dedo estando con ella.

–¿Lavas platos?

–Sí, pero estoy aprendiendo a cocinar también. Es lo que quiero hacer. Me gustaría tener mi propio restaurante algún día y he pensado que esta sería la mejor manera de aprender. También estoy aprendiendo algo de francés.

A Clem todo aquello le pareció un milagro.

–¿Y el coche de Alistair? ¿Qué has hecho con él?

–Está aparcado en casa del pinche. Tiene espacio suficiente y ni siquiera me cobra por ello.

–¿Y no te ha preguntado cómo podías tener semejante coche?

–Le dije que era de mi tío.

–Pues será mejor que le digas ahora que tu tío ha venido por el coche, y por su hermanastra.

En esa ocasión fue Clem la que se sobresaltó al oír una voz profunda a sus espaldas. Se giró y vio a Alistair, que estaba fulminando a su hermano con la mirada. Ella se interpuso entre ambos y levantó los brazos para proteger a Jamie.

–No, por favor.

–¿Dónde está Harriet? –preguntó Alistair.

–Trabajando –respondió Jamie–. Los dos vamos a trabajar en Montecarlo todo el verano. Ella todavía no quiere volver. No la puedes obligar.

–Haré lo que estime oportuno –replicó Alistair en tono duro–. ¿Dónde trabaja?

Clem apoyó una mano en su brazo.

–Mira, vamos a tranquilizarlos y a hablar de esto en la mesa. Jamie está trabajando y no me gustaría que lo despidiesen por nuestra culpa. Quedaremos con ellos más tarde –sugirió–. ¿Por qué no desayunamos mañana los cuatro en nuestro hotel?

Jamie hizo una mueca.

–¿Te estás alojando con él?

–No es lo que piensas –le aclaró Clem–. Solo estamos juntos... para ahorrar costes.

–Pero sí él está forrado de dinero –contestó Jamie–. Mamá dice que es todavía más rico que su padre.

Crem sintió vergüenza al oír hablar así a su hermano.

–¿Me prometes que responderás a mis llamadas? Nos reuniremos y hablaremos mientras desayunamos. Y estoy segura de que Alistair podrá ser comprensivo con todo lo ocurrido, ¿verdad?

Alistair la miró mal.

–No me voy a dejar manipular por un par de críos que juegan a ser adultos.

–Jamie es un adulto –lo corrigió ella–. Y, en mi opinión, está cuidando muy bien de Harriet.

Agarró a Alistair del brazo.

–Vamos. Te lo explicaré todo en la mesa.

Alistair señaló a Jamie con un dedo.

–Como no vengáis a desayunar mañana, llamaré a la policía. ¿Entendido?

Jamie frunció el ceño.

–No toques a mi hermana –la advirtió a Alistair–. Es demasiado buena para ti.

Clem pensó que se iba a morir de la vergüenza. ¿Cómo podía pensar su hermano que Alistair iba a querer tener algo con ella?

–No te preocupes –le dijo–. Solo hemos venido a asegurarnos de que tanto Harriet como tú estáis bien.

Jamie miró a Alistair con desprecio.

–Me alegro de haberte rayado el coche hace diez años. Ojalá te hubiese pinchado las ruedas también –comentó.

Alistair miró a Clem, sorprendido.

–¿Es eso verdad? ¿No lo hiciste tú?

Clem se mordió el labio inferior.

–Esto...

–No hace falta que me protejas, Clem –intervino Jamie–. Ya no soy un niño.

Alistair no podía tener el ceño más fruncido. Abrió la boca varias veces, pero volvió a cerrarla, como si no supiese qué decir, pero Clem no quería continuar con aquella conversación allí.

–Vuelve al trabajo –le dijo a su hermano.

Clem se llevó a Alistair de vuelta a la mesa en cuanto Jamie hubo desaparecido en la cocina.

–Tienes que dejar de aleccionar a todo el mundo –le dijo–. Así no vas a conseguir nada. Tienes que aprender a negociar, en especial, con adolescentes. Retroceden ante la autoridad. Es así como forman su identidad. Tienen que cometer errores de vez en cuando, si no, ¿cómo van a aprender?

Alistair dejó de andar para mirarla.

—¿Por qué no me dijiste que había sido Jamie el que me había rayado el coche?

Clem apartó la mirada de la suya.

—Solo tenía ocho años. No quería meterle en...

—No me refiero a entonces, sino después. Nunca has dicho nada. Has permitido que yo siguiese pensando que tú eras la responsable de aquello.

—Sí, bueno, pensé que dijese lo que dijese no cambiarías la opinión que tenías de mí, así que, ¿para qué?

Él la estudió con la mirada, casi emocionado.

—¿Aceptas mis disculpas, aunque sea tarde?

Clem asintió.

—Será mejor que volvamos a la mesa. Me he dejado la chaqueta en el respaldo de la silla.

Una vez sentados de nuevo, Alistair preguntó:

—¿Se están acostando juntos?

—No se lo he preguntado.

—¿Y si se queda embarazada Harriet?

Clem se puso la servilleta en el regazo y lo miró a los ojos.

—Será mejor quedarse embarazada de un hombre al que ama y admira que de otro que le dobla la edad y que quiere aprovecharse de ella a la menor oportunidad.

—¿Qué? —inquirió Alistair, palideciendo.

Clem apretó los labios.

—El nuevo novio de su madre tiene las manos muy largas. Harriet ha huido de él y Jamie la ha ayudado a escapar.

–¿Por qué no me lo ha contado? Yo habría hablado con su madre y...

–Su madre no la cree. Se ha puesto de parte de su novio.

Alistair frunció el ceño.

–Eso es terrible. ¿Cómo es posible que no crea a su propia hija?

Clem se encogió de hombros.

–Cosas que pasan.

–¿A ti te pasó?

–¿Me estás preguntando si alguno de los novios de mi madre intentó aprovecharse de mí? –preguntó ella, echándose a reír–. A mí ni me miraban, pudiendo tener a mi madre, que siempre ha sido muy guapa. Podría haber sido modelo si no se hubiese quedado embarazada de mí, de hecho, me lo recuerda siempre que tiene oportunidad.

–¿Estás muy unida a ella?

–No demasiado. No tenemos mucho en común, salvo algo de ADN.

–Te entiendo.

–Pero tú sí que estabas muy unido a tu madre, ¿no?

–Mucho. Era una buena mujer. Una madre cariñosa y una gran persona. La echo de menos todos los días.

Su rostro se entristeció.

–Siento que lo pasarais tan mal cuando mi madre hizo que se separasen tus padres –le dijo Clem–. Y yo no hice que las cosas fuesen fáciles, fui muy pesada.

–De eso hace mucho tiempo.

Se hizo un silencio.

Clem jugó con la pajita que tenía en el vaso de agua mineral. Dado que ya había salido a la luz una verdad, tal vez fuese el momento de desvelar otra.

–Me gustaría explicarte también... aquella vez que me encontraste en tu habitación... –balbució, sintiendo que le ardían las mejillas–. No estaba esperando a que...

–No tienes que disculparte. No debí hablarte así. Me sentía mal, después de haber estado con mi madre en el hospital. Aunque sé que no es una excusa.

Clem se mordió el labio.

–Por favor, permite que me explique. Es la primera vez que hablo de aquel día.

–Continúa.

Ella clavó la vista en el vaso de agua con gas.

–Fui a una fiesta con un chico y la cosa terminó mal. Estaba muy disgustada y fui a utilizar tu cuarto de baño porque era el único que no utilizaba nadie más. Salí de la ducha, me hice un ovillo en la cama... Estaba tan triste que no quería encontrarme con Jamie ni con mamá, sobre todo, con Jamie.

Él se echó hacia delante en la silla. Estaba tenso.

–¿Qué ocurrió en la cita?

Clem lo miró de reojo. Tenía el ceño fruncido y la expresión seria, como si se estuviese imaginando lo que iba a contarle.

–No me di cuenta de que se estaban burlando de mí. No estaba acostumbrada a captar el interés de ningún chico. El caso es que se me subió a la cabeza. Y resultó que él había hecho una apuesta... A ver quién era el primero en acostarse con la gorda. Y ganó.

Alistair se quedó blanco y parpadeó varias veces, como si estuviese asimilando toda la información.

—Eso es terrible, pero lo que hice yo fue todavía peor. Me precipité y no te escuché. ¿Me perdonas? Aunque yo no lo haría si estuviese en tu lugar.

Clem sonrió con amargura.

—No me imagino a nadie aprovechándose de ti. Eres una persona demasiado segura de sí misma.

Alistair seguía con gesto compungido. La tomó de la mano con cuidado y Clem sintió calor.

—Ahora entiendo que te cueste tener seguridad, pero no deberías sentir que no eres atractiva, Clem. Ni mucho menos.

Ella apartó la mano y volvió a ponerla en su regazo. Les habían llevado la comida y empezaron a comerla en silencio. Clem se alegró de que Alistair hubiese insistido en pedirle algo más consistente que una ensalada. El pescado en salsa blanca estaba delicioso, lo mismo que la cama de verduras que lo acompañaba. Merecía la pena, aunque aquella noche tuviese que hacer trescientas sentadillas en lugar de doscientas.

Por su parte, Alistair seguía con gesto serio y no parecía estar disfrutando de la comida. Era extraño, pero Clem se dio cuenta de que veinticuatro horas antes le habría gustado verlo así.

Pero en esos momentos... se preguntó qué habría

pasado años atrás si le hubiese contado lo de su cita en vez de haber puesto cara de póker. Tal vez hubiese conseguido que Alistair fuese su aliado, su protector. Podría haberla protegido del matón que la había degradado y había hecho añicos su autoestima.

Pero había permitido que Alistair pensase mal de ella.

No se sentía orgullosa de ello.

El camarero les llevó la cuenta. Alistair sacó la cartera y dejó una tarjeta de crédito en la pequeña bandeja.

—¿No íbamos a compartir gastos? —preguntó Clem.

Él la miró de manera inescrutable.

—Te invito yo. Por los pecados pasados.

A Clem no le preocupaban los pecados pasados, sino los futuros.

Los que se sentía tentada a cometer.

Capítulo 5

ALISTAIR esperó mientras Clem estaba en el baño una vez de vuelta a la habitación. Todavía estaba asimilando toda la información que había recibido y preguntándose cómo podía haberla tratado tan mal.

Tenía que haberse dado cuenta desde el principio que Clem no era como su madre. No se parecía físicamente a ella, no actuaba como ella y no pensaba como ella. Clem tenía clase e inteligencia social, y quería a su hermano por encima de todo, incluso de su propia reputación. Eso demostraba que era una joven honesta, no egoísta ni interesada, sino sacrificada y discreta.

No le gustó pensar en que un idiota la había humillado y utilizado. Y se dijo que, de no haberse precipitado en sacar conclusiones aquel día, tal vez habría podido ayudarla. En su lugar, había contribuido a machacarle la autoestima. No entendía que esta continuase hablándole, mucho menos que sus grandes ojos marrones la mirasen con el mismo anhelo que a ella los de él. Podía intentar negar que le gustaba, que la deseaba, pero la sensación era muy fuerte.

No sabía por qué estaba tan obsesionada con ella. ¿Sería porque era la única mujer con la que no podía controlarse? Lo que sentía por ella era mucho más que una atracción puntual, tenían una conexión que iba mucho más allá de las circunstancias de su pasado. Alistair ya la había sentido de adolescente, pero en esos momentos en los que Clem había florecido como mujer la sensación era mucho más fuerte.

Comprobó sus mensajes y correos electrónicos para intentar distraerse y no pensar en ella, que, por cierto, estaba tardando mucho. ¿Cómo podía tardar tanto en darse una ducha? Estaba a punto de llamar a la puerta para ver si estaba bien cuando la vio salir con uno de los albornoces del hotel. Tenía el rostro sonrosado y el pelo rizado todavía húmedo.

–Toda tuya –dijo ella, ruborizándose más–. La ducha, quiero decir.

Él se levantó del sofá y Clem se cerró las solapas del albornoz. ¿Se sentiría insegura con él? La idea no le gustó. No podía negar que se sentía atraído por ella, pero no iba a hacer nada al respecto. El beso había sido un error. Un gran error que no se iba a repetir ni aunque tuviese que utilizar toda su fuerza de voluntad.

Cuando Alistair salió del baño se la encontró en el salón, vestida con una camiseta y unos pantalones de chándal, haciendo sentadillas como si se estuviese entrenando para unos juegos olímpicos.

–Parece divertido.

–No lo es.

—Entonces, ¿por qué lo haces?

Ella siguió con los ejercicios.

—Quien algo quiere, algo le cuesta.

—Tienes muy buena figura, no necesitas castigarte así.

Ella se puso recta y se apartó el pelo todavía húmedo de la cara.

—Intenta contarle eso a mi celulitis.

Alistair la recorrió con la mirada. Tenía unas curvas que hacían que le ardiese la sangre en las venas. Los pechos se le marcaban en la camiseta y el escote dejaba ver lo suficiente como para que se sintiese tentado a descubrir más.

—Yo no veo nada de celulitis. Veo a una joven muy guapa, en la mejor época de su vida.

Ella se ruborizó, como si no estuviese acostumbrada a que le hiciesen cumplidos.

—¿Qué vamos a hacer con Harriet y Jamie? ¿Todavía sigues empeñado en llevarte a tu hermanastra a casa?

Alistair había estado pensándolo mientras se duchaba. Si los chicos tenían trabajo y un lugar en el que alojarse, tal vez no fuese tan terrible que pasasen el verano en Montecarlo. Además, no tenía ningún interés en que Harriet viviese con él, no podía dejarla con su propio padre y la madre de ella dejaba mucho que desear.

—Estoy dispuesto a hablarlo con ellos, pero quiero que Harriet esté en el colegio en cuanto empiece el curso.

Clem asintió como si aquello le pareciese bien.

–Tal vez yo pueda hablar con ella al respecto. De mujer a mujer. A mí me hubiese gustado que alguien se hubiese ofrecido a buscarme un internado. Habría sido mucho mejor que ir de país en país cada vez que mi madre se buscaba un novio nuevo.

A excepción de por la pérdida de su hermano pequeño, Alistair había tenido una niñez más bien estable y segura. No se imaginaba cómo habría sido tener que mudarse una y otra vez.

–Debió de ser muy duro para ti.

–Lo fue.

La vio moverse de un lado a otro de la habitación, como si estuviese nerviosa y no supiese qué hacer con las manos.

–Otra cosa, con respecto a los gastos del viaje...

–No pasa nada –respondió ella mientras ahuecaba los cojines del sofá–. Puedo pagar mi parte.

–Yo te he traído aquí, así que pagaré yo. Y punto.

Ella apretó los labios y Alistair deseó besarla para que los separase.

–No conoces el significado de la palabra transigir, ¿verdad?

Él se acercó y tomó sus manos, las giró y comprobó que las marcas habían desaparecido. Tenía las muñecas delgadas, los dedos pequeños y suaves, se mordía las uñas. Le acarició la palma con el pulgar y vio cómo se le dilataban las pupilas. Clem se humedeció los labios con la punta de la lengua, tragó saliva. Le temblaron los dedos entre sus manos. Alistair supo que debía retroceder. Dejarla. Que no debía mirarla a los ojos ni perderse en la

tentación de la carne, pero la atracción era irresistible. No podía dejar de pensar en el beso. Inclinó la
cabeza y susurró:

—Sé que no debería hacer esto.

Y le mordisqueó los labios.

—Entonces, ¿por qué lo haces? —le preguntó
Clem en un hilo de voz

Él pasó las manos por sus rizos salvajes.

—No estoy seguro.

—Pensé que siempre estabas seguro de todo lo
que hacías.

Él volvió a mordisquearle el labio superior y
pasó la lengua por el arco de Cupido.

—No siempre.

Clem se acercó más a él y Alistair apoyó las manos en la curva de su trasero y la besó despacio.

Después pasó de la boca al cuello, donde la piel
era suave y olía bien. Ella gimió al notar que conti-
nuaba por el escote. Le bajó la camiseta de algodón
para poder llegar al pezón, que rodeó con la lengua
antes de metérselo en la boca. Hizo lo mismo con el
otro pecho y disfrutó al sentir cómo Clem se excitaba cada vez más, tanto como él.

Se dio cuenta de que, si no paraba pronto, después ya no podría parar. Una vocecilla lo alertó de
que era peligroso que fuese tan lejos, pero su
cuerpo no la escuchó.

Clem se apartó de repente y se estiró la ropa.
Estaba ruborizada y tenía los labios algo hinchados
de sus besos, pero los ojos le brillaban con fuerza.

—No me había dado cuenta del motivo por el que

te estabas ofreciendo a pagarme el hotel. No, gracias.

Alistair frunció el ceño.

—Te estás equivocando. Yo solo...

—Te has querido aprovechar de la situación —lo interrumpió—. Me sorprende que no hayas apagado la luz antes para olvidarte de a quién ibas a besar.

—¿Cómo puedes...?

Ella lo fulminó con la mirada.

—Dijiste que no me ibas a volver a besar.

—Lo sé, pero...

—Me parece que lo mejor será que guardemos las distancias —insistió ella, cruzándose de brazos—. Que no nos toquemos.

—Bien.

Alistair se pasó una mano por el pelo. Podía guardar las distancias. Por supuesto que podía, aunque le resultase difícil.

—No nos tocaremos —repitió.

—Me voy a la cama. Buenas noches.

Clem no pudo dormir sabiendo que Alistair iba a estar en la habitación de al lado. Había salido de la suite un rato antes y, que ella supiese, no había regresado.

Apartó las sábanas, se puso el albornoz y se acercó a la ventana a observar las luces de la ciudad. La vida en Mónaco no tenía nada que ver con su aburrida vida en Londres.

Miró el reloj de la mesita de noche. Eran las tres

de la madrugada. ¿Por qué no había vuelto Alistair? Se ató el cinturón del albornoz y salió al salón, que estaba a oscuras salvo por la luz que entraba del exterior. Clavó la vista en el sofá, pero estaba vacío.

Se sentó en él y abrazó un cojín. Pensó que Alistair podía estar pasándoselo bien con alguna mujer con cuerpo de modelo. Tiró el cojín y empezó a ir y venir por la habitación.

De repente se abrió la puerta de la suite y apareció Alistair.

–¿Se puede saber dónde estabas? –inquirió ella sin pensarlo.

–No sabía que tenía que informarte de todos mis movimientos.

Clem se cruzó de brazos.

–Habría sido un detalle decirme que ibas a salir. Llevo horas sin poder dormir.

–¿Esperándome? –le preguntó él en tono burlón.

Clem apretó los labios.

–No puedo dormir si estoy pendiente de que se abra y se cierre la puerta.

Él se acercó al bar y tomó una botella de agua mineral.

–¿Quieres un vaso?

–No. Lo que quiero es irme a la cama y dormir. Estoy cansada y cuando estoy cansada me pongo de mal humor, así que ten cuidado.

–De acuerdo.

El sonido del agua al caer en el vaso la puso nerviosa.

–¿Estabas con alguien?

¿Por qué le había preguntado eso?

—¿Te molestaría si así fuese?

«¡Sí!». Clem puso gesto de indiferencia.

—Puedes hacer lo que quieras. Eres libre. No obstante, estaría bien que me lo dijeras, para que yo también pudiese organizarme.

A él le brillaron los ojos un instante.

—He estado pensando en los chicos. Aunque les permitamos quedarse aquí durante el verano, pienso que estaría bien que tú y yo nos quedásemos también unos días para ver que todo va bien.

A Clem le pareció sensato, pero sabía que sería una tortura continuar estando cerca de Alistair.

—Es buena idea. Así tendré tiempo de conocer mejor a Harriet. Me parece que le vendría bien que alguien la guiase un poco.

—Devolveré el coche de alquiler mañana y recogeré el mío de donde Jamie lo haya aparcado.

Clem se mordió el labio inferior.

—Si hay algún daño, yo lo pagaré.

—Si le cubres siempre las espaldas a tu hermano nunca se hará responsable.

A Clem le molestó oír aquello.

—Siempre he cuidado de él como una madre. Tuve que hacerlo. ¿Sabes lo que es tener que cuidar de un bebé con tan solo ocho años? Es aterrador.

Había arrancado y no iba a parar ni para tomar aire.

—Y la situación empeora cuando el niño crece y empieza a moverse. Yo tenía que mantenerlo alejado de los novios de mi madre, que le tiraban de la oreja por cualquier razón. Tuve que ayudarlo con los deberes, tuve que lavar y planchar su ropa y hacerle la comida. Lo hice lo mejor que pude, y sigo haciéndolo lo mejor posible, y me molesta que tú me digas que no es así.

Se hizo un tenso silencio entre ambos.

—Lo siento —dijo Alistair por fin, muy serio, pero con dulzura—. Has hecho un gran trabajo cuidando de él, pero ha llegado el momento de que lo dejes solo. Si sigues evitándole problemas no aprenderá por sí mismo.

Clem frunció el ceño, lo miró con resentimiento.

—Tú eres hijo único. Ni siquiera sabes lo que es tener un hermano.

—Sí que lo sé.

Ella frunció el ceño.

—¿Tienes un hermano?

—Lo tuve. Murió cuando yo tenía cuatro años —le contó Alistair con tristeza.

—Lo siento... No sabía...

—Oliver nació con una discapacidad. Los médicos dijeron a mis padres que no sobreviviría más que unos días, pero infravaloraron el amor de mi madre. Murió dos días después de cumplir los dos años.

A Clem se le había hecho un nudo en la garganta.

—Lo siento mucho. Debió de ser muy triste para tus padres y para ti.

—La que peor lo pasó fue mi madre —comentó él, haciendo una mueca—. Son ellas la que nos traen al mundo. Mi padre se encerró en su trabajo. Creo que nunca lloró realmente a Ollie. Y que ese es el motivo por el que se volvió loco cuando mi madre enfermó. No pudo soportarlo.

Clem se preguntó por qué nunca antes había oído hablar de Oliver. Su madre nunca había comentado nada, ni siquiera sabía si Lionel Hawthorne se lo habría contado a ella. ¿O habría estado centrado en tener una aventura con otra mujer para intentar atenuar el dolor que le causaba la pérdida de su esposa? No había visto fotografías de Oliver en la casa de los Hawthorne o, al menos, no lo recordaba.

—Eras muy pequeño cuando falleció tu hermano —comentó Clem—. Demasiado pequeño para pasar por algo tan duro.

—Lo peor fue ver a mi madre sufrir —admitió él—. Consiguió continuar viviendo, pero siempre faltó algo en nuestras vidas. Dudo que lo superase realmente.

Clem no podía imaginarse perder a su hermano.

—¿La pérdida de Oliver te ha hecho plantearte ser padre?

Alistair se encogió de hombros y se sirvió otro vaso de agua.

—Todavía no estoy preparado para un compromiso tan importante. En estos momentos el trabajo ocupa todo mi tiempo. Y no hay muchas mujeres dispuestas a vivir con eso, ni con niños tampoco. Aunque tal vez algún día.

—Entonces, ¿cuál es el plan? —le preguntó ella—.

¿Matarte a trabajar unos años y después intentar buscar una esposa? ¿Y si te enamoras sin haberlo planeado?

—Si ocurre, que ocurra, pero no lo busco.

—Pues buena suerte, a veces uno se lleva sorpresas en la vida.

Él frunció el ceño.

—¿Tú quieres casarte y tener hijos, después de todo lo que has pasado con tu madre?

Clem alzó la barbilla.

—Yo no soy mi madre. Mis prioridades son diferentes. Cuando me enamore de un hombre será para siempre. No cambiaré de uno a otro. Me comprometeré.

—¿Crees en los cuentos de hadas?

—Creo en el poder del amor.

Él la miró a los ojos con interés.

—¿Has estado enamorada alguna vez?

Clem se preguntó si no estaba en ello.

—No, pero eso no significa que no vaya a estarlo.

—¿Y sabrás diferenciar entre deseo y amor?

Ella se estremeció al oír la palabra deseo. Fue como si Alistair hubiese alargado la mano y la hubiese acariciado.

—Es muy fácil diferenciarlos. El deseo es egoísta y el amor, desinteresado.

Él sonrió de medio lado.

—¿Cuántas veces has deseado a un hombre?

«Solo una».

—No pienso hablar de mi vida sexual contigo.

—¿Acaso tienes vida sexual?

–Supongo que piensas que es poco probable que alguien se sienta atraído por mí, dado que no soy rubia y guapa, como mi madre.

–Eres mucho más atractiva que tu madre –respondió él–. O lo serías si no escondieses tu figura debajo de esa ropa tan ancha, y si sonrieses un poco más.

Clem resopló.

–Mira quién habla. Tú casi nunca sonríes. Lo más parecido a una sonrisa es una mueca, como la que estás poniendo ahora.

Él siguió con la mirada clavada a la suya.

–Dime algo divertido.

«Demasiado fácil».

–Te quiero.

Alistair echó la cabeza hacia atrás y rio. Y a Clem se le puso la piel de gallina al oírlo.

–Será mejor que te vayas a la cama si no quieres que cambie de opinión acerca de besarte.

–Como me pongas un dedo encima, te araño.

–¿Con qué? –bromeó él–. ¿Con esas uñas?

Clem cerró los puños.

–Inténtalo y verás.

«Inténtalo. Inténtalo. Inténtalo», se repitió Clem en silencio. No podía desearlo más.

Él se acercó lo suficiente para que Clem viese el deseo en sus ojos. No la tocó, pero ella se sintió como si lo hubiese hecho.

Alistair no la besó en aquella ocasión. La dejó esperando. Y fue ella la que terminó de acercarse y lo besó, la que empujó con la lengua para separar sus labios y encontrar la de él. Alistair se excitó y apretó la erección contra su vientre, encendiéndola todavía más. Su barba le arañó la piel, pero a Clem no le importó. Le hizo sentirse todavía más femenina y deseada.

Alistair tomó las riendas del beso.

—Te deseo tanto —susurró contra sus labios.

Clem gimoteó. No fue capaz de más en aquel momento. Ni siquiera podía pensar. Deseaba a aquel hombre como no había deseado a ningún otro. Y no se imaginaba poder desear a nadie más. Lo agarró por la solapa de la camisa y le mordió los labios, se los acarició con la lengua y se tragó su profundo gemido de placer.

De repente, Alistair se apartó.

—Espera. Es mejor que no nos precipitemos, que no hagamos algo que después vayamos a lamentar.

Clem no quería esperar. Lo deseaba en ese momento. Quería sentir. Sentirse bella, deseada e irresistible.

—¿Soy demasiado poco para ti, verdad? —le preguntó, no pudo evitarlo.

Él le acarició la mejilla.

—Vamos a tener que hacer algo con tu autoestima. ¿Nunca has tenido relaciones con hombres que fuesen positivos?

Clem clavó la vista en la apertura de su camisa.

—Me resulta difícil... intimar. No puedo evitar pensar que cuando un hombre mira mi cuerpo, ve todos sus defectos. Hay que ser realista. Nunca voy a estar delgada.

Él la agarró de los hombros y la sacudió suavemente.

–Deberías estar orgullosa de tus curvas. No te disculpes por tenerlas.

«Eso es muy fácil de decir, con ese cuerpo», pensó Clem, poniendo más distancia entre ambos. Estaba a punto de lanzarse a sus brazos y rogarle que le hiciese el amor.

–No me habría acostado contigo. Solo estaba tanteando el terreno.

–Pues ten cuidado, no te metas en terreno pantanoso.

Clem se acercó al bar. No solía beber, pero en esos momentos necesitaba una copa. Se sirvió un poco de whisky y sintió que le ardía la garganta al tomarlo. Él siguió donde estaba, observándola.

–Voy a salir otro rato –dijo entonces–. No me esperes despierta.

Clem se giró.

–¿Adónde vas esta vez?

–Quiero ver cómo es el lugar en el que se están alojando Harriet y Jamie.

–¿Quieres que te acompañe? –le preguntó.

–No, quédate aquí y descansa. Pareces agotada.

«No estoy agotada, estoy a cien. Por ti».

–Tal vez a Harriet no le guste que vayas a verla mientras Jamie está trabajando.

–No voy a molestarla. Solo voy a pasar por allí.

Clem no pudo evitar pensar que Harriet tenía mucha suerte de tener a alguien como Alistair cuidándola.

–¿Alistair?

Él se giró junto a la puerta y la miró.

—¿Sí?

—Es estupendo que te preocupes tanto por Harriet. Espero que algún día te lo sepa agradecer.

Él esbozó una sonrisa.

—No tengo mucha práctica con chicas adolescentes, pero gracias de todos modos.

En cuanto Alistair se marchó, Clem volvió a meterse en la cama, pero le fue imposible dormir.

Pensó que siempre había considerado a Alistair un enemigo, pero se dio cuenta de que estaba conociendo otra faceta de él, la parte más tierna y comprensiva.

Además, no recordaba a nadie que la hubiese tratado tan bien como la estaba tratando él. El modo en que la miraba... la manera en que se oscurecían sus pupilas, cómo clavaba la vista en sus labios como si no pudiese evitarlo. Y la manera de tocarla... Había hecho que su cuerpo experimentase sensaciones que no había esperado sentir jamás, que no se imaginaba sintiendo con nadie más.

Clem nunca se había considerado una mujer apasionada. Esa había sido su madre, no ella. Y el encuentro que había tenido con dieciséis años la había dejado avergonzada e insatisfecha. Después había tenido dos más que aunque habían sido menos bochornosos, tampoco habían sido satisfactorios.

Pero los besos de Alistair no le habían hecho sentir nada parecido a vergüenza.

Se preguntó si volvería a tocarla, si sería su falta de experiencia lo que lo echaba para atrás y por eso había puesto la excusa de tener que ir a ver cómo era el lugar en el que estaban alojados Harriet y Jamie. O tal vez tuviese miedo a no controlarse con ella. Aquella era una experiencia nueva para Clem, que hubiese un hombre que la deseaba tanto que no podía controlarse.

Clem quería que Alistair la acariciase. No podía desearlo más.

«¿Entonces, por qué lo has apartado?».

Porque había tenido miedo a no estar a la altura de las chicas con las que Alistair solía estar. Ella era diferente. Se preguntó si podrían tener una aventura solo el tiempo que estuviesen en Mónaco. ¿Qué tenía aquello de malo? Muchas chicas de su edad lo hacían. Y ella también podía. Le vendría bien tener un poco de experiencia antes de encontrar al hombre de su vida.

Clem se tumbó de lado para mirar hacia donde estaba la puerta de la habitación de Alistair. Entonces, antes de que le diese tiempo a pensárselo mejor, se destapó y se quitó el albornoz. No se sintió lo suficientemente segura como para deshacerse del camisón también. Abrió la puerta y fue hasta su cama, se metió en ella y esperó.

Alistair supo que no iba a cambiar nada por mucho que caminase por toda la ciudad. No podía desear más a Clem. Quería demostrarle lo bueno que

podía llegar a ser el sexo entre dos adultos que lo
deseasen. Dos iguales. Si alguien le hubiese dicho
diez años antes que estaría loco por Clementine
Scott, se habría revolcado por el suelo de la risa.

O tal vez no.

Quizás se hubiese dado cuenta, ya entonces, de
que detrás de aquella imagen brusca y amenaza-
dora había una chica sensible que escondía su belleza natural debajo de una ropa fea y una dieta
muy mala. Con una madre como la de Clem era normal que esta hubiese tenido problemas de autoestima. Brandi Scott era muy llamativa, aunque descarada e insolente. Era el tipo de mujer con el que
fantaseaban muchos hombres, entre ellos, su padre.

Pero a Alistair no le gustaban las mujeres así. Le
gustaba la belleza sutil, la belleza que le iba ca-
lando a uno poco a poco, con una mirada, una sonrisa o el movimiento de un cuerpo que no pretendía
llamar la atención. Clem lo excitaba, pero tendría
que controlarse porque no era de las que tenían relaciones breves y él no tenía planes de comprometerse por el momento. Conseguiría sobrevivir a los
siguientes días utilizando toda su disciplina. Se ase-
guraría de que Harriet estaba bien, hablaría con ella
para que le prometiese que iría al internado cuando
empezase el curso y después volvería a su vida normal y al trabajo. Todo se solucionaría.

Todo, no.

Alistair volvió al hotel. No. No podía tener nada
con Clem, no era la persona adecuada para ella.

Pero tenía que admitir que Clem era diferente a

las demás mujeres que había conocido. Él nunca les había hablado de su hermano como a Clem. Y no era porque se hubiese olvidado de Ollie.

Jamás se olvidaría de su hermano pequeño y de lo mucho que este había sufrido. Aunque su padre hubiese retirado todas las fotografías en cuanto se habían llevado a su madre al hospital. Aunque su padre hubiese vendido mucho tiempo atrás la casa y todos los recuerdos que esta contenía. Jamás podrían borrar el recuerdo de Ollie. Alistair no sabía si su padre había conservado las fotos o si se había deshecho de ellas y de todos los recuerdos de la vida que había compartido con su madre. Era su manera de lidiar con cosas con las que no quería lidiar, quitándolas del medio, poniéndolas en un lugar en el que no pudiese verlas.

«Como tú», le advirtió la voz de su consciencia.

Casi podía evitarlo. Casi. Pero se estaba acercando a una edad en la que la mayoría de sus amigos y conocidos tenían pareja y empezaban a echar raíces, a comprometerse.

Alistair nunca se había enamorado. Intentaba no implicarse con nadie. El amor era algo demasiado complicado.

Nada más llegar a la suite se sirvió una bebida fresca y se quedó mirando por la ventana. No supo cuánto tiempo llevaba allí cuando se dio cuenta de que lo estaban observando. No había oído ningún ruido, pero le picaba la nuca y se le había acelerado el pulso. Se giró y vio a Clem allí, vestida con un amplio camisón de color beis.

–¿Estás bien? –le preguntó él con voz ronca.

Se aclaró la garganta y añadió:

–¿No puedes dormir?

Ella se acercó más sin hacer ningún ruido, descalza.

–He cambiado de opinión –anunció con voz tan ronca como la de él, tal vez más.

–¿Acerca de qué?

Clem tragó saliva.

–De nosotros.

–¿De nosotros?

Clem se estaba agarrando las manos delante del cuerpo, como si quisiera evitar acercarse más, y Alistair estaba deseando abrazarla.

–Yo no tengo mucha experiencia, pero tú, sí –le dijo–. Solo vamos a estar aquí unos días. Nadie tiene por qué enterarse en casa... Podríamos tener una aventura y olvidarnos de ella después.

Alistair frunció el ceño.

–Pero si pensé que tú...

–Tengo veintiséis años –continuó Clem–. Nunca he tenido un orgasmo, salvo conmigo misma. Estoy cansada de ser una rara que nunca tiene citas de verdad. He pensado que si consigo algo más de experiencia después podré reconocer a la persona adecuada cuando esta llegue. No seré tan torpe ni me sentiré tan incómoda cuando esté con un hombre.

–¿Quieres que yo...?

Ella se ruborizó.

–Aunque si no quieres, no pasa nada. Sé que no soy tu tipo. Es probable que no sea el tipo de nadie.

Él se acercó y la agarró de los brazos con suavidad.

—Eres la mujer más atractiva que he conocido en mucho tiempo. De verdad, Clem. Me gustas tanto que no puedo mantener las distancias contigo.

—¿De verdad?

Alistair la apretó contra su cuerpo para que sintiese el efecto que tenía en él.

—¿Necesitas más confirmación que esta? Te deseo, pero antes de que vayamos más allá, tenemos que ser claros con las reglas del juego.

—Yo no te pido nada más que una aventura.

Él intentó descifrar su expresión, ver si le decía la verdad. No quería hacerle daño.

—¿Por qué yo? ¿Por qué no cualquier otro tipo?

—Porque no voy a enamorarme de ti.

Aquello fue un golpe para el ego de Alistair, pero se dijo que era normal, que a ningún hombre le gustaba oír que no le iban a querer.

—Supongo que es una explicación razonable.

—Por supuesto. Y tú tampoco vas a enamorarte de mí. ¿Te imaginas teniendo a mi madre como suegra?

Pudo imaginárselo y no le gustó la idea, pero se dijo que cuando se enamorase lo haría de la persona en sí, no de su familia. Tomó un rizo de su melena y se lo metió detrás de la oreja.

—Vamos a dejar a nuestros padres fuera de esto. Aquí solo estamos tú y yo.

Clem se apoyó en él como un gato que buscase cariño, apretando los pechos y las caderas contra su cuerpo. Alistair le levantó la barbilla para darle un beso suave, casi sin tocarle los labios, y ella respondió devorándole la boca, abrazándolo por el cuello y entrelazando la lengua con la suya. Alistair debió retroceder en ese momento, pero la deseaba tanto que no pudo.

La tomó en brazos y a pesar de que Clem protestó diciendo que pesaba demasiado y que la dejase ir andando, no le hizo caso. La dejó en la enorme cama de su habitación y se tumbó a su lado para abrazarla.

—Todavía puedes cambiar de opinión.

A Clem le brillaban los ojos de deseo, emoción y cierto nerviosismo, y a Alistair le encantó verla así.

—No he cambiado de opinión. Quiero que me hagas el amor. Lo deseo más que nada en el mundo.

«Yo también». Alistair no dijo aquello en voz alta. No hizo falta. Su cuerpo ya lo decía todo.

Capítulo 6

CLEM suspiró complacida cuando Alistair la besó. Fue un beso superficial al principio, pero la parte baja de su cuerpo ya le comunicaba la fuerza de la atracción que sentía por ella. A Clem le excitó ver el efecto que tenía en él. ¿Cómo podía ser posible? ¿Cómo podía gustarle a pesar de todos sus defectos?

Alistair profundizó el beso metiéndole la lengua en la boca y jugando con la suya, le acarició el cuerpo con ambas manos por encima del camisón. Ella deseó ir vestida de sedoso satén, o no llevar nada, pero, en cualquier caso, las caricias de Alistair hicieron que se sintiese la mujer más bella de la Tierra. Notó que metía la mano por debajo del camisón y le acariciaba la pantorrilla, el muslo, la cintura y después la parte inferior de un pecho. La presencia de su mano en una parte tan sensible la hizo arquearse como un gato. Necesitaba sentir en los pezones la caricia de su mano y el calor de su boca.

Como si le hubiese leído el pensamiento, Alistair tomó su pecho con la palma de la mano y lo sujetó como si fuese un bien precioso. Pasó el pulgar por el pezón erguido una y otra vez y después bajó la cabeza para tomarlo con la boca. Clem sintió que perdía el control cuando se lo mordisqueó suavemente.

Se oyó gemir en voz alta y se dio cuenta de que necesitaba saciarse ya. No podía esperar más.

Él dejó el pecho para ayudarla a quitarse el camisón por la cabeza. Clem no se sintió vulnerable, expuesta ni avergonzada, sino bella. Alistair la miraba de un modo que le hacía sentirse más mujer de lo que se había sentido nunca.

—Si hay algo que te incomode, dímelo —le pidió este apoyando una mano en su vientre.

Ella le acarició la rugosa barbilla.

—Me gusta todo lo que me estás haciendo. Todo.

Él bajó la mano más y la acarició entre los muslos con suavidad, con respeto, antes de introducir un dedo. Clem contuvo la respiración y sus músculos internos se contrajeron para no dejarlo marchar. Alistair movió el dedo lentamente al tiempo que le acariciaba el clítoris. Ella se notó cada vez más húmeda por dentro, casi pudo aspirar su propio olor ligeramente almizclado.

Alistair cambió el dedo por la boca y Clem le agarró la cabeza mientras todo su cuerpo se tensaba.

—Relájate, *ma petite*. No voy a hacerte daño.

No podía haber en la Tierra un hombre más irresistible que aquel. Le hablaba en francés, hacía magia con las manos y despertaba todos sus sentidos con la boca. No había nada en él que no le gustase.

Clem espiró y se obligó a relajarse. Él la acarició de nuevo con la mano, con cuidado, para ayudarla a aliviar la tensión.

Después volvió a hacerlo con la boca y Clem, que en esa ocasión estaba más preparada, sintió que llegaba al clímax y que todo giraba a su alrededor mientras ella flotaba en el aire.

Poco a poco volvió a la realidad y vio que Alistair le sonreía. No se estaba burlando de ella, la miraba con ternura.

—¿Te ha gustado?

Clem no fue capaz de encontrar las palabras que describiesen lo que acababa de vivir. No había superlativos suficientes para explicar lo que había sentido su cuerpo. Lo que seguía sintiendo su cuerpo. Le tocó la boca con las puntas de los dedos.

—¿Y tú? ¿No te vas a desnudar?

Él le besó la punta del dedo y se lo metió en la boca de manera muy erótica.

—¿Por qué no me desnudas?

Clem no necesitó que se lo dijese dos veces. Le bajó la cremallera de los pantalones y tiró de ellos para quitárselos. Llevaba la ropa interior de color gris oscura, con la cinturilla negra. La tela estaba tensa debido a la erección y Clem pasó un dedo por ella. Alistair tomó aire bruscamente y eso dio a Clem el valor que necesitaba para meter la mano por debajo de la cinturilla y acariciarlo mejor. El placer que Alistair estaba sintiendo se reflejaba en su rostro.

Clem fue a bajar la cabeza hacia su erección, pero él la sujetó del hombro.

–Todavía no –le dijo–. Esta vez es para ti.

La tumbó boca arriba en el colchón y se apartó de ella un instante para buscar protección en su cartera, que estaba en el bolsillo trasero de los pantalones. Sacó un preservativo y se lo puso antes de volver a ella.

–No quiero que cometamos errores que después no podamos enmendar.

A Clem no tenía que haberlo dolido aquel comentario, tenía que haber pensado que estaba completamente de acuerdo con él. No quería quedarse embarazada, eso era evidente. Antes quería tener una relación estable, pero se preguntó si la idea de tener un hijo con ella era tan horrible, un error.

–Tomo la píldora –le contestó, intentando que el resentimiento no se notase en su voz.

–Todavía mejor –añadió él–. Ningún método es cien por cien infalible, salvo la esterilización y la abstinencia.

Clem dejó a un lado su dolor. No quería que Alistair cambiase de opinión. Se dijo que tenía que ser más fuerte, menos sensible. Aquello era solo una aventura, no se iban a casar. Volvió a acariciarlo y le pidió:

–Hazme el amor.

Él la acarició entre los muslos para prepararla y se tomó su tiempo antes de penetrarla, para que se acostumbrase a su presencia allí. El cuerpo de Clem lo acogió con ansia, hasta que ambos empezaron a balancearse al mismo ritmo, frenética, intensamente. Clem le clavó los dedos en la espalda y en los hombros mientras el tsunami crecía en su interior y rompía por fin, transportándola hasta el éxtasis. Después todo su cuerpo se quedó sin fuerza.

Alistair llegó al clímax poco después que ella y le hizo sentirse muy cerca de él. La unión que hubo entre ambos en ese momento fue mucho más allá del plano sexual. Sus cuerpos se habían comunicado, se habían entendido, se habían complacido. Se habían respetado.

Alistair se tumbó de costado y se la llevó con él. Le apartó un mechón de pelo y lo enredó en su dedo mientras clavaba la vista en sus labios.

–Te he arañado con la barba.

–Sobreviviré –respondió ella, pasando la mano por su mentón.

Él la miró a los ojos.

–¿He sido demasiado brusco?

Ella negó con la cabeza.

–Ha sido perfecto. No pensé que pudiese ser tan estupendo.

Alistair pasó un dedo por sus labios.

–Has estado increíble.

–Me ha costado un poco adaptarme al ritmo.

–El sexo es parecido al baile. Algunas personas no consiguen nunca bailar bien juntas, se pisan una y otra vez, pero cuando una pareja se entiende bien...

Clem se preguntó con cuántas mujeres se habría entendido bien Alistair. Le habría gustado pensar que ella era la única con la que había disfrutado de un momento mágico, pero no era tan ingenua.

—Pues ya te advierto que bailo fatal.

Él sonrió con dulzura y la abrazó.

—Otro tema que podemos solucionar esta semana.

Clem apoyó la mejilla en su pecho y escuchó el firme latir de su corazón.

—¿Piensas que los chicos van a sospechar que tenemos... una aventura?

No supo por qué le resultaba tan difícil decir aquella frase.

—No lo sé. Me parece que tú conoces mejor a los adolescentes.

Clem lo miró a los ojos.

—¿Te importaría que lo supiesen?

La expresión de Alistair era indescifrable.

—Supongo que están demasiado inmersos en su historia como para fijarse en la nuestra.

Aquella no era la respuesta que Clem había esperado. No sabía si eso significaba que solo debían expresar su afecto en privado, que en público debían comportarse como dos conocidos. ¿Sería aquel su secreto? ¿Su pequeño pecado? Se apretó contra él para que no viese en su rostro lo que estaba pensando.

—No sé cómo se lo tomaría Jamie si se enterase de que estás durmiendo con su hermana mayor.

Él se colocó encima de su cuerpo y entrelazó las piernas con las suyas.

—¿Quién ha hablado de dormir?

Clem se despertó con la luz del sol y sintiéndose dolorida. Se desperezó y notó malestar entre las piernas. Alistair entró con una bandeja en la que había dos tazas de té y frunció el ceño al ver el gesto de Clem.

–¿Qué te pasa?

–Nada –respondió ella–. He debido de dormir en mala posición.

Él dejó la bandeja y se sentó a su lado. Tomó sus manos.

–¿Estás dolorida? –le preguntó con ternura, preocupado.

Clem supo que se estaba ruborizando.

–No mucho. Estaré mejor en cuanto me mueva un poco.

–Lo siento –le dijo él acariciándole la muñeca.

–¿Otra disculpa? Ten cuidado o voy a empezar a pensar que no eres un sabelotodo arrogante.

Él la miró fijamente a los ojos durante unos segundos y después bajó la vista a sus manos unidas, frunció el ceño.

–No estoy seguro de por qué he accedido a hacer esto –comentó, acariciándola con el dedo pulgar–. Lo de anoche fue...

–No me insultes diciendo que fue un error –lo interrumpió Clem–. Ambos somos adultos y conocemos las reglas del juego.

Alistair subió la vista a sus ojos.

–Te mereces más que esto. Mucho más.

–Y lo tendré en cuanto consiga sentirme segura de mí misma. Anoche lo pasé muy bien. Fuiste un amante increíble, pero eso no significa que quiera casarme y tener hijos contigo. Pertenecemos a mundos diferentes. Jamás funcionaría.

Él le soltó la mano y tomó la bandeja.

—Te he preparado té. Y he reservado una mesa para el desayuno. Le he puesto un mensaje a Harriet pidiéndole que vengan dentro de una hora.

Clem miró la taza blanca.

—No me puedo beber eso.

—¿Por qué no? Está recién hecho.

—Porque no es la taza adecuada.

—Estas son las únicas tazas... Ah, tu taza.

—Supongo que pensarás que es ridículo, pero...

—Me parece bien —le dijo él, apretándole cariñosamente la mano—. ¿Dónde está? ¿En la maleta?

Ella se sentó en el borde de la cama.

—Yo iré a buscarla.

Fue a su habitación, pero la taza no estaba donde la había dejado, encima de la mesita de noche. Sintió pánico. Recorrió la habitación con la mirada, pero no estaba por ninguna parte.

Alistair llegó detrás de ella.

—¿No la encuentras?

Ella lo fulminó con la mirada.

—¿La has cambiado de sitio?

—No, por supuesto que no.

Clem siguió mirando por toda la habitación.

—Tengo que encontrarla.

Alistair la agarró de los brazos.

—Relájate, *ma petite*. Respira hondo.

Ella intentó zafarse.

—¡No me digas que respire! Tú no lo entiendes. No puedes enten...

—Escúchame —le ordenó él con voz firme, pero

cariñosa al mismo tiempo–. La vamos a encontrar. Yo te ayudaré a buscarla.

Clem hizo un esfuerzo por tranquilizarse. Al menos, Alistair no se estaba burlando de ella, sino que estaba siendo comprensivo.

–De acuerdo... –respondió, respirando profundamente.

–Buena chica –le dijo él, dándole un beso en la frente–. ¿Dónde la viste por última vez?

Clem señaló la mesita de noche.

–La dejé ahí.

Él buscó alrededor de la mesita de noche y debajo de la cama, pero no encontró nada.

–No puede haber desaparecido. A no ser que... ¿Y la señora de la limpieza? ¿Ha venido alguien?

–Seguro que la han tirado a la basura. Oh, Dios mío, se habrá roto y la han tirado a la basura.

Alistair la agarró del brazo.

–No te precipites. Voy a llamarlos por teléfono.

Hizo una llamada y colgó poco después.

–Todo solucionado. Van a traerte la taza en unos minutos. Al parecer, han sido eficientes de más.

Poco después llegaba la taza en una bandeja de plata y acompañada de efusivas disculpas del personal de limpieza. Alistair dio una buena propina y entregó la taza a Clem.

–*Voilà,* la taza de *mademoiselle* sana y salva.

Clem la sujetó con manos temblorosas.

–Gracias... Debes de pensar que estoy loca, pero la tengo desde los dieciséis años. Jamie me la compró con su dinero, después de estar ahorrando mucho tiempo y a pesar de que lo que más deseaba era comprarse un coche de juguete. Es el objeto al que más cariño le tengo.

—No pienso que estés loca —le contestó Alistair, volviendo a su habitación, donde estaba la bandeja con el té—. Yo tengo un osito de peluche que Ollie me regaló nada más nacer. Bueno, lo compró mi madre para que yo no sintiese celos. Y también lo guardo como oro en paño, así que te comprendo.

Pasó el té a la taza de Clem y se la dio con una sonrisa.

—Toma.

—¿Cómo de severa era su discapacidad? —le preguntó Clem—. ¿Habría podido tener una vida normal si no se hubiese puesto enfermo?

—Nació ya con una lesión cerebral, lo que le causó un retraso mental y ciertos problemas de movilidad. No habría podido tener una vida completamente normal, pero era un niño feliz. Y yo me habría asegurado de que tuviese la mejor vida posible.

Clem se lo podía imaginar.

—¿Tienes alguna foto suya? —le preguntó.

—Aquí no, pero en mi casa de Londres tengo alguna —respondió él—. Mi padre se deshizo de muchas después de la muerte de mi madre. Bueno, en realidad, antes. Antes de fallecer, mi madre me contó que mi padre ya la había engañado después de que Oliver naciese y tras su fallecimiento. Yo no lo había sabido, siempre había pensado que eran una pareja bastante estable. Para que veas que uno nunca sabe lo que pasa en un matrimonio.

Clem empezó a comprender el motivo por el que Alistair no quería comprometerse de manera precipitada.

—A mí nunca me cayó bien tu padre. No sabía cómo hablarle. ¿Tú te hablas con él?

—Está muy ocupado con su propia vida. Y yo con la mía.

—¿Por qué lo perdonó tu madre la primera vez? Yo lo hubiese echado de casa.

Él le acarició la mejilla.

—Sin dar lugar a explicaciones, ¿no?

—Por supuesto.

—Mi madre era una persona muy misericordiosa. Siempre le daba a todo el mundo el beneficio de la duda. Lo único que quería era tener una familia feliz y, para conseguirlo, estaba dispuesta a pasar por alto muchas cosas.

Le dio una palmadita en la rodilla y añadió:

—Será mejor que nos pongamos en marcha. Los chicos no tardarán en llegar. Espero.

Capítulo 7

POCO después, Clem entraba en el restaurante del hotel junto con Alistair. Jamie estaba sentado con una chica que debía de ser Harriet. Esta tenía la piel muy blanca y el pelo rubio con mechas rosas recogido en un moño de bailarina. La mirada marrón clara era desafiante e insegura al mismo tiempo.

Clem fue directa a ella y le ofreció la mano.

–Hola, supongo que eres Harriet. Yo soy la hermana de Jamie, Clem. ¿Qué tal lo estás pasando en Montecarlo? Es un lugar increíble, ¿verdad?

Harriet le dio la mano y esbozó una sonrisa que la hizo todavía más guapa.

–Hola, Jamie me ha hablado mucho de ti. Me alegro de que estés aquí –contestó la chica mientras fulminaba a Alistair con la mirada–. Él no me va a escuchar. Y no voy a ir a un internado, diga lo que diga.

Clem se dio cuenta de que iba a hacer falta tiempo y confianza para convencer a Harriet. Por su parte, Jamie también estaba mirando a Alistair con desconfianza y antipatía.

–Sentémonos a desayunar –añadió Clem–. Harriet, Jamie me ha contado que estás trabajando en una tienda de moda. ¿En cuál exactamente?

No le costó mucho esfuerzo conseguir que Harriet se relajase, pero seguía habiendo mucha tensión entre Jamie y Alistair.

Después de que el camarero retirase los platos, Clem sonrió a Harriet y a Jamie, que estaban de la mano, y les dijo:

—En fin, yo os veo muy bien juntos. Ambos tenéis trabajo para todo el verano y parece que vuestro alojamiento es agradable. Alistair va a ir a recoger su coche y Jamie le va a devolver el dinero que tomó prestado poco a poco. Nosotros también nos vamos a quedar por aquí unos días, por si necesitáis algo, ¿de acuerdo?

Jamie torció el gesto.

—¿Te vas a quedar con él? —inquirió con desprecio.

Clem sintió calor en las mejillas.

—Hacía siglos que no me tomaba unas vacaciones y Harriet me ha contado que en Niza hay muchas tiendas de antigüedades interesantes. Tal vez pueda encontrar algún libro que merezca la pena para mi jefe. Será como buscar un tesoro.

Jamie fulminó a Alistair con la mirada.

—Como le pongas un dedo encima a mi hermana...

—Mi vida sexual no es asunto tuyo —replicó Alistair con los ojos brillantes—. Ni la de tu hermana, tampoco.

Jamie miró a Clem.

–¿Te estás acostando con él?

–Esto... ya has oído lo que ha dicho Alistair. No es asunto tuyo.

Jamie se mostró ligeramente avergonzado.

–Siento todos los problemas que he causado. No sabía que salíais juntos. Espero no haberte perjudicado, Clem.

–Por supuesto que no –respondió ella–. Alistair es muy comprensivo, ¿verdad?

–Mucho.

–No se lo contaremos a nadie –intervino Harriet–. Lo siento, Alistair. Siento haberme portado así contigo. Tal vez, si fueseis a vivir juntos, podría mudarme con vosotros. Eso sería estupendo.

«En menudo lío nos estamos metiendo», pensó Clem.

–Bueno, entonces todo arreglado. ¿Alguien quiere otro cruasán?

Alistair mantuvo la mano alrededor de la cintura de Clem después de que los chicos se hubiesen marchado.

–Me sorprende que todo haya ido tan bien.

–¿Te parece que ha ido bien? Se suponía que íbamos a mantener lo nuestro en secreto.

–No voy a permitir que un adolescente me diga con quién tengo que acostarme –comentó Alistair mientras salían del restaurante e iban en dirección a los ascensores–. Y tú tampoco deberías hacerlo.

–Lo sé, pero...

–Pero nada, Clem –la interrumpió Alistair–. Eres una adulta y tienes derecho a tener vida privada. Lo has hecho muy bien con Harriet, te ha escuchado. Tal vez hasta la convenzas de que lo mejor es que vaya a un internado.

–Parece una buena chica. Me gustaría pasar más tiempo con ella, pero tú deberías intentar ser un poco más suave con Jamie. No te lo vas a ganar si eres tan duro con él.

Alistair tocó el botón de su piso.

–No me interesa ganármelo. Lo único que quiero es recuperar mi coche y mi dinero.

–Entonces, ¿por qué no llamaste directamente a la policía? ¿Por qué me metiste a mí en esto?

Él tenía la mirada clavada en el panel que mostraba el piso por el que iban pasando.

–Soy consciente de que no ha tenido una niñez fácil –contestó por fin–. Tú lo has hecho lo mejor posible, pero necesita un modelo masculino en su vida. Alguien estable y de fiar, que lo apoye.

Clem se sintió esperanzada.

–¿Te estás ofreciendo voluntario?

Las puertas del ascensor se abrieron y Alistair la agarró de la mano y salió.

–Ya tengo que ocuparme de una adolescente de la que, en realidad, no soy responsable. No necesito otro más.

–Quiere trabajar en hostelería –le contó Clem una vez dentro de la suite–. Es la primera vez que tiene un objetivo y quiero que intente conseguirlo. Por eso me parece perfecto que se pase el verano aquí, trabajando. Además, así estará alejado del grupo con el que solía salir, y pienso que Harriet es una buena influencia. Saca la parte protectora que hay en él.

Alistair espiró.

—No puedo evitar pensar que Harriet es demasiado joven para quedarse aquí con un chico que podría dejarla tirada en cualquier momento.

Clem volvió a pensar que ella no había tenido a nadie que la protegiese de niña. Y se dijo que Alistair sería un padre estupendo algún día.

—Harriet te importa, ¿verdad?

Él se encogió de hombros y tomó sus gafas de sol de la mesita del café.

—Tengo que ir por el coche. La agencia de alquiler va a pasar a recoger el que alquilamos. ¿Quieres acompañarme o prefieres quedarte aquí?

Clem intentó descifrar su expresión para ver si él prefería que lo acompañase o no, pero solo vio que tenía el ceño fruncido.

—¿Qué prefieres tú?

El rostro de Alistair se relajó. Levantó la mano y le acarició la mejilla con los nudillos.

—¿No quieres ir a ver esas tiendas de antigüedades?

Clem le sonrió.

—Si no te importa.

—Por supuesto que no.

Aproximadamente una hora después Alistair estaba observando a Clem en una tienda de antigüedades. Parecía una niña a la que le hubiesen dado carta blanca en una tienda de caramelos. Su expresión era de entusiasmo, le brillaban las mejillas mientras tomaba un libro y después otro, y los trataba todos con el mayor cuidado. En la tienda había de todo: joyas, vajillas, porcelana, figuras de bronce, muebles y relojes, pero lo que le interesaba a ella eran los libros. Libros viejos que olían a polvo y estaban estropeados, pero que ella trataba como si fuesen objetos impagables.

Clem levantó la vista desde su rincón y miró a Alistair.

—Siento tardar tanto —se disculpó—. Supongo que te estás aburriendo mucho, pero es que este lugar es increíble. He encontrado tres primeras ediciones y una copia excepcional de un libro de poemas de Tennyson.

Bajó la voz para susurrar:

—No creo que el dueño sepa el valor que tiene todo esto, porque algunas ediciones están en inglés en vez de en francés.

Alistair tomó uno de los libros que Clem había apartado. El precio era, no obstante, alto. Pensó que era gracioso, que todas las mujeres con las que había salido hasta entonces se habían vuelto locas por las joyas y la moda, mientras que a Clem lo que le fascinaba era los libros viejos.

—Pediré que los envuelvan y te los envíen, porque no te van a caber en la maleta.

Ella se mordió el labio inferior.

—No puedo comprarlos todos... solo me voy a llevar un par de ellos.

Alistair sacó la cartera.

—Yo los compraré. Al fin y al cabo, soy el que te ha traído hasta aquí. Regalártelos es lo mínimo que puedo hacer.

Ella se ruborizó, pero Alistair no supo si era por vergüenza o gratitud. Tal vez ambas cosas.

—Gracias.

Cuando salieron de la tienda de antigüedades, Alistair sugirió ir a Cannes a comer y la llevó a un restaurante que estaba cerca del Palacio de Festivales y Congresos en el que todos los años, en el mes de mayo, se celebraba el Festival de Cine. Si Clem había pensado que Montecarlo estaba lleno de gente guapa, Cannes le pareció todavía peor. Alistair había sido muy amable al regalarle los libros antiguos, pero cuando entraron en el local lleno de mujeres vestidas de diseñador ella volvió a sentirse fuera de lugar. Se preguntó si Alistair lo habría hecho a propósito para que se sintiese así.

Fue como volver a aquella horrible fiesta, ver a las chicas susurrando y señalándola, oír al chico con el que se había acostado reírse con sus amigos y haciendo comentarios acerca de lo gorda que estaba. Siempre que entraba en un lugar lleno de personas guapas retrocedía al pasado.

—¿Qué vas a beber? —le preguntó Alistair cuando estuvieron sentados.

—Agua.

Él la miró con el ceño fruncido.

–¿Te pasa algo?

Clem lo fulminó con la mirada.

–¿Qué me va a pasar?

Alistair dejó la carta encima de la mesa y la estudió con la mirada.

–Dímelo tú.

Ella apretó los labios y clavó la vista en la carta.

–Apuesto a que todas las mujeres del restaurante se están preguntando qué haces aquí sentado, conmigo.

–Clem...

–Salvo que me estés utilizando solo para...

–Ya basta –la interrumpió él.

Clem lo miró a los ojos.

–Este sitio no es para mí. Y tú lo sabes.

La expresión de Alistair se suavizó, alargó la mano para tomar la suya.

–No tienes derecho a sentirte fuera de lugar. Eres mucho más guapa de lo que piensas. Y la ropa no lo es todo, *ma petite*. La ropa no te define como persona. El comportamiento y los valores, sí.

Ella clavó la vista en sus manos unidas.

–Después de aquella fiesta... la que te conté... en la que se rieron de mí. No fueron solo los chicos, sino también las chicas. Se rieron de mi figura y de mi ropa, de mi pelo y de mi piel. De todo.

Alistair le apretó la mano para reconfortarla.

–Ojalá pudiesen verte ahora. Estoy seguro de que les ganas a todos, tanto por fuera como por dentro.

–Mi madre se gastaba todo el dinero en ropa. En

vez de gastárselo en sus hijos, se compraba ropa que solo se ponía una o dos veces. Y yo me negaba a utilizarla porque era demasiado atrevida. Nunca quise que me comparasen con ella.

—Personalmente, yo prefiero cómo te vistes tú, pero si quieres que te ayude a renovar el armario, aquí hay tiendas estupendas. Considéralo un regalo.

Clem quiso decirle que no, pero la idea de pasar toda la semana vestida de negro y gris cuando hacía tan buen tiempo tampoco le gustó.

—Te devolveré el dinero si me das un par de meses.

—Olvídalo. Te lo debo. No habría podido hablar con Harriet si tú no estuvieses aquí. Has sido maravillosa con ella.

—Bueno, tú también la estás ayudando mucho.

—Solo cumplo con mi deber moral –respondió Alistair–. Supongo que en cuanto se gradúe no volveré a tener noticias suyas.

—Yo no lo tengo tan claro –comentó Clem–. Me parece que siempre vas a estar a su disposición. Eres una buena persona, Alistair, y me gustaría que mi hermano aprendiese de ti.

Él sonrió de medio lado.

—Ten cuidado, *ma petite*, o voy a pensar que te estás enamorando de mí. ¿Recuerdas las reglas del juego?

¿Cómo se le iban a olvidar? Clem puso los ojos en blanco y tomó su vaso de agua.

—Tendrías que comprarme mucho más que ropa para que me enamorase de ti. No es que no me guste cómo eres, pero el amor es otra cosa. Yo no soy como mi madre, que se enamora y desenamora con facilidad.

–¿Y qué es de tu madre ahora?

Clem se encogió de hombros.

–¿Quién sabe? Supongo que está por ahí gastándose mi dinero, con algún hombre del que piensa estar locamente enamorada.

–¿Tu dinero?

–Lo sé, lo sé, pero no es de las que aceptan un no por respuesta. Y no puedo evitar pensar que es capaz de hacer cualquier cosa si no la ayudo yo.

Alistair frunció el ceño.

–¿A qué te refieres?

Clem clavó la vista en el mantel blanco.

–A hacer lo que sea necesario para sobrevivir.

Alistair volvió a tomar su mano.

–¿Así es como te chantajea? ¿Con que va a vender su cuerpo si no la ayudas?

–Chantajear es una palabra muy fuerte...

–¿Desde cuándo lo hace?

Clem intentó apartar la mano, pero él no se la soltó.

–Prefiero no hablar del tema.

–Clem –le dijo él con firmeza–. ¿Cuánto tiempo hace que te pide dinero?

Ella lo miró a los ojos azules grisáceos y sintió que se venía abajo. Se preguntó cómo iba a mantenerse fría, cómo no iba a enamorarse un poco de él. Era la primera vez que alguien se preocupaba por ella.

–Desde que conseguí mi primer trabajo a tiempo parcial de adolescente –le confesó–. No se le da bien administrarse. Es demasiado impulsiva. Sé que, a estas alturas, debería negarme, pero sigue habiendo en mí una parte de niña pequeña que desea ser querida por su madre.

–Le tienes que decir que no, Clem. Si no, esto no se va a terminar nunca.

–Lo sé, pero...

–Te está utilizando. Si de verdad te quisiera antepondría tus necesidades a las suyas, pero eso es algo que nunca ha hecho, ¿verdad? Se supone que es el adulto el que debe cuidar del niño, no al revés. Si te llama, quiero que me dejes hablar con ella.

Clem supo que no lo haría, sobre todo, porque sabía que su madre era capaz de decirle cualquier inconveniencia a Alistair.

Después de comer fueron de compras en Cannes. Por una vez, Clem se sintió como una princesa, intentó no darle vueltas al tema y decidió disfrutar de aquella oportunidad por una vez en la vida. Según se fue probando ropa y mirándose al espejo, se sintió como otra persona, una persona sofisticada y glamurosa incluso en bañador.

Cuando terminaron las compras Alistair le preguntó si quería ver algo más antes de que volviesen al hotel. Ella estaba deseando volver a la suite y estar entre sus brazos, pero también deseaba volver a ver la casa de la colina en la que había veraneado de niña. No estaba segura de dónde estaba, pero recordaba que el pueblo se llamaba St. Paul de Vence, y había visto en un cartel que se encontraba a solo media hora de Cannes.

—¿Viniste aquí de niña? —le preguntó Alistair cuando ella le contó lo que quería.

—Sí. Fueron las mejores vacaciones de toda mi vida. Bueno, las únicas. El novio de mi madre era muy agradable, ojalá no lo hubiese dejado por otro que nos trató fatal a Jamie y a mí. Sus padres tenían una casa en las colinas y pasamos una semana allí. Me pareció un lugar increíble... Aunque tal vez lo recuerde como algo que no es, me encantaría volver a verlo.

Alistair le abrió la puerta del coche.

—Entonces, vamos a intentar encontrar esa casa. En cualquier caso, tengo entendido que merece la pena visitar el pueblo, dicen que es uno de los más bonitos de la Costa Azul.

Durante el viaje, Alistair le habló de la historia del pueblo, que estaba rodeado por una muralla construida en el siglo XIV por orden de Francisco I. Mientras escuchaba su voz profunda, Clem se dijo que no le vendría nada mal levantar alguna muralla alrededor de su corazón.

El pueblo era tal y como Clem lo recordaba, rodeado de bosques, con las calles empedradas llenas de maravillosas tiendas, cafeterías y galerías de arte. Alistair la tomó de la mano, pasearon y le hizo fotos.

—¿Les hago una a los dos juntos? —preguntó un turista que pasaba por su lado.

Clem iba a contestarle que no cuando Alistair le dio el teléfono a la señora.

—Estupendo, muchas gracias.

Luego abrazó a Clem por los hombros y sonrió de oreja a oreja mientras les hacían la fotografía.

—Algún día se la enseñarán a sus nietos —comentó la señora.

Clem forzó tanto la sonrisa que le dolió la cara.

—Sí.

Cuando la señora se alejó, Alistair enlazó el brazo con el de ella y le dijo:

—¿Sabías que la petanca de aquí es la más famosa de toda Francia?

Ella se alegró de que continuase con la clase de historia. Pensar en el futuro, en un futuro que jamás compartiría con Alistair, era demasiado doloroso. Continuaron paseando por el pueblo y se sentaron en una cafetería a tomar un refresco. Estaba allí sentada, esperando a que Alistair terminase de atender una llamada de trabajo, cuando Clem vio la casa en la que había estado de niña. Estaba fuera del pueblo, en una colina, rodeada de viñedos y en peor estado de lo que recordaba.

—¡La he encontrado! —exclamó, mirando a Alistair—. Estoy segura de que es esa. No está en el mismo estado que entonces, pero es esa.

Él se llevó la mano a los ojos para hacerse sombra.

—Tiene un cartel de *Se Vende*. ¿Lo ves?

Clem solo podía ver la casa y el jardín desde allí.

—¿De verdad? Me pregunto cuánto costará.

Él la agarró de la mano y dejó dinero encima de la mesa.

—Vamos a averiguarlo.

Alistair llamó a la inmobiliaria y organizó una visita de la casa quince minutos más tarde. La situación de la finca lo fascinó. La casa en sí era un sueño a pesar de necesitar una reforma y estaba rodeada de bosque, viñedos y un olivar.

Notó a Clem emocionada cuando llegó el agente inmobiliario y todavía más cuando este les enseñó la casa. Su amor por todo lo antiguo se reflejaba en su rostro, en el rubor de sus mejillas, en el brillo de sus ojos. Era evidente que se sentía como pez en el agua.

—Es preciosa... —susurró maravillada.

Alistair se la imaginó de niña, con la misma actitud que en esos momentos. Intimidada por la belleza y la historia de aquel lugar, consciente de que jamás podría vivir en un sitio así.

—El dueño la heredó de sus padres, pero ahora vive en América con su esposa e hijos y quiere venderla —les contó el agente—. Lleva bastante tiempo a la venta. Necesita una buena reforma, pero es una casa que merece la pena, no se encuentran propiedades así en el mercado todos los días.

Alistair tomó el folleto que le ofrecía el agente.

—Lo pensaremos. Gracias por habérnosla enseñado.

El agente sonrió.

–Sería una estupenda casa familiar, ¿verdad? Es un lugar hecho para vivirlo con niños, ¿*oui*?

Clem se ruborizó de nuevo.

Y Alistair no pudo evitar imaginársela de madre, embarazada de otro hombre, radiante. Se preguntó cómo se sentiría si se enteraba, en unos años, que salía con otro y era feliz con él, y que tenía niños a los que quería como no la habían querido a ella. Como Clem quería a su hermano, por el que hacía todo lo que podía. Llevaba toda la vida haciéndose responsable de las personas a las que quería, incluso de su madre, que nunca había estado a la altura.

Pero, ¿y si no daba con el hombre adecuado? ¿Y si le ocurría como a su madre y escogía a la persona equivocada? ¿Y si daba con un hombre que la trataba mal o que le hacía promesas que no iba a respetar?

En ciertos aspectos, Clem le recordaba a su propia madre. Tenían la misma belleza tranquila, grandes valores, una naturaleza generosa. Y eran muy sentimentales. Era posible que Clem se enamorase y fuese feliz, como su madre, que se había engañado durante años para intentar que su matrimonio funcionase. Su padre, por su parte, jamás había crecido e iba a terminar solo. Él no pretendía imitarlo. Quería ser admirado por su trabajo, el resultado de su creatividad, esfuerzo e intelecto. Aquella casa merecía su atención. Sería un reto combinar lo viejo con lo nuevo, el pasado y el futuro.

Dobló el folleto y se lo metió en uno de los bolsillos del pantalón. Tenía que pensarlo bien. Ya tenía un proyecto en marcha que, por cierto, estaba desatendiendo mientras disfrutaba de la Riviera francesa con una chica con la que solo podía tener una aventura. Aunque todo el mundo pensase que eran la pareja ideal. Él no era el hombre ideal para nadie, mucho menos para Clementine Scott, con su complejo de Cenicienta.

–¿Puedo ver otra vez el jardín? –preguntó Clem después de que el agente cerrase con llave la puerta de la casa y se despidiese de ellos.

–Por supuesto –respondió Alistair, tomando su mano porque no quería que tropezase, o eso se dijo a sí mismo.

Clem se aferró a él y le dedicó una sonrisa que hizo que a Alistair se le encogiese el pecho.

–Gracias por haberme traído aquí. Ha sido mi mejor día.

Él le dio un beso rápido en los labios, pero Clem no le dejó apartarse y lo profundizó mientras apretaba el cuerpo contra el suyo. Y Alistair pensó que lo que más deseaba en esos momentos era hacerla suya en aquel jardín.

Se excitó todavía más solo de pensarlo y Clem no lo ayudó, todo lo contrario, empezó a desabrocharle la camisa.

–¿Alguna vez has tenido sexo al aire libre? –le preguntó Alistair.

–¿Aquí? –preguntó ella muy sorprendida.

–¿Quién va a vernos? La vegetación está muy alta y el agente inmobiliario se ha marchado porque tenía otra cita en Grasse. Solo estamos tú y yo. ¿Qué me dices?

—Que nunca he tenido sexo fuera de una cama. De hecho, lo he hecho muy pocas veces.

—¿Cuántas?

Ella bajó la mirada.

—Tres antes que tú, y ninguna había merecido la pena.

Alistair no pudo evitar sentirse orgulloso de haber sido el único hombre que le había dado placer. «Es prácticamente virgen», pensó. Era todo un honor. La había enseñado a sentirse cómoda con su cuerpo, a relajarse y a disfrutar del sexo.

¿Sería su inexperiencia lo que había hecho que el sexo con ella fuese diferente, tan especial? Había sido más íntimo. No había esperado conectar tanto con Clem, ni mental ni físicamente. Esta hacía que se sintiese más hombre que nunca.

Le hizo levantar la barbilla para mirarla a los ojos.

—Tal vez este no sea el mejor momento ni el mejor lugar para hacer el amor.

Ella puso gesto de decepción.

—Si prefieres no...

—Estoy pensando en ti, Clem.

Ella esbozó una sonrisa.

—Gracias.

Alistair le dio otro beso y no pudo evitar recordar que solo tenía unos días para disfrutar de ella. Después sus caminos se separarían y ya no podría besarla, tocarla ni hacerle el amor. Tal vez no volviesen a verse en otros diez años o más. Y él se quedaría solo con el recuerdo de sus caricias y de una conexión que le había hecho sentirse más cerca de ella que de ninguna otra mujer.

Hicieron el viaje a Mónaco en un cómodo silencio. Alistair lo rompió de vez en cuando para señalar algún aspecto interesante del paisaje, pero Clem iba sumida en sus pensamientos y tenía el ceño ligeramente fruncido.

¿La habría disgustado el viaje y los recuerdos que este le había despertado? La niñez de Alistair había sido muy distinta a la de Clem y a este le costaba imaginar cómo debía de haber sido tener que cambiar de casa en casa, sin poder establecerse en ningún sitio. ¿Sería ese el motivo por el que a Clem le fascinaban todas las cosas antiguas? No solo los libros antiguos, había visto cómo miraba el resto de objetos de la tienda de antigüedades, como si fuesen tesoros.

Si le daba dinero a su madre y tenía la responsabilidad de su hermano, ¿cómo iba a vivir su vida? Bastante hacía teniendo un techo bajo el que vivir y ropa que ponerse.

Al menos él había podido mimarla. Había disfrutado mucho comprándole ropa. Sabía que no era de esas mujeres que se aprovechaban del dinero de los demás. Clem era muy independiente y resuelta, y la admiraba por ello.

Más que admirarla...

Frenó al pensarlo. No iba a comprometerse con nadie ni aunque el sexo fuese el mejor de su vida.

Prolongar aquella aventura no sería justo para Clem, que podía empezar a verlo como el padre de sus hijos, de hecho, algunos extraños estaban empezando a verlo ya así y eso lo molestaba.

¿Qué derecho tenían esas personas a meterle semejantes ideas en la cabeza? Él no quería tener hijos. Al menos, por el momento, tal vez nunca. No quería la responsabilidad, los gastos ni el sufrimiento de tener hijos. Había visto llorar a su madre la pérdida de su hermano. El dolor había empezado el día de su nacimiento y había terminado destruyendo a la familia.

Él estaba contento con su vida tal y como era... o lo había estado hasta que Clem había vuelto a entrar en ella.

«Tú la has hecho volver».

Era cierto. ¿Por qué lo había hecho? ¿Por qué no había ido directamente a la policía y había permitido que esta lidiase con el hermano de Clem?

Porque una parte de él siempre se había preguntado qué habría sido de Clem. Había querido verla, y su hermano le había dado la excusa perfecta para hacerlo. Y algo había ocurrido el día que había entrado en su tienda. Algo inexplicable. Había sentido una conexión, como una corriente eléctrica que emanaba del cuerpo de Clem y entraba en el suyo, uniéndolos como nunca se había sentido unido a nadie. Clem lo fascinaba. Lo intrigaba. Le encantaba.

La miró y se le encogió el pecho como si le hubiesen metido una mano dentro y le hubiesen agarrado el corazón.

No podía imaginarse lo que sería no volver a verla. No volver a ver su sonrisa. No volver a ver cómo lo miraba, con los ojos brillantes. No volver a sentir su delicioso cuerpo cuando llegaba al clímax con él.

Tendría que mantener las distancias con ella. No podía pasar por su tienda solo para ver cómo le iba. Tendría que permitir que continuase con su vida y hacer lo mismo por su parte.

¿Pero qué clase de vida iba a tener sin ella?

Capítulo 8

TODAVÍA hacía calor cuando llegaron de vuelta al hotel. Clem pensó en la piscina que había visto por la ventana al llegar, pero como le daba vergüenza ponerse en bañador en público no sugirió que se diesen un baño.

Alistair subió detrás de ella y apoyó las manos en sus hombros. Clem se estremeció al sentirlo cerca. Él la hizo girarse y la miró a los ojos.

—Iba a proponerte que fuésemos a la piscina —le dijo—, pero te quiero para mí solo.

Clem sintió un cosquilleo en el estómago. La llama que Alistair había encendido en la casa que habían visitado no había terminado de apagarse en todo el viaje para ninguno de los dos. Lo abrazó por el cuello y se besaron apasionadamente. Clem notó su erección en el vientre y se excitó todavía más.

Él la hizo retroceder hasta la cama al tiempo que la desnudaba, y Clem intentó hacer lo mismo con él. Alistair se quitó los zapatos a patadas, salió de los pantalones y de la ropa interior con una facilidad que a Clem le hizo recordar la diferencia de experiencia que había entre ambos.

Pero no quería hacer comparaciones. Alistair la deseaba y eso era lo único que importaba. Una aventura era eso, una aventura. No tenían una relación estable.

Notó la cama en las piernas y se dejó caer, y rebotó en el colchón cuando Alistair la siguió. Este volvió a besarla apasionada, desesperadamente.

Clem gimió. Alistair despertaba a la mujer salvaje que había en ella, a una mujer a la que había tenido contenida hasta entonces. Le acarició los pechos con las manos, con los labios y con la lengua, torturándola lenta y sensualmente hasta que arqueó la espalda y no pudo esperar más.

–Ponte un preservativo –le pidió.

Él tuvo que dejarla un momento para hacerlo y Clem lo echó de menos porque Alistair le hacía sentirse como no le había hecho sentir nadie en toda su vida.

Cuando Alistair regresó lo agarró por la cintura y le puso una pierna encima de la cadera para ayudarlo a entrar. Este lo hizo de un movimiento rápido y seguro y Clem gimió.

–¿He ido demasiado rápido? –le preguntó él preocupado.

–No lo suficiente –respondió ella antes de besarlo y pasar la lengua por sus labios como si fuese el manjar más delicioso que hubiese probado jamás.

Él gimió y se movió en su interior, cada vez más deprisa. Clem quería llegar al orgasmo, pero todavía no podía.

Alistair metió una mano entre ambos y la acarició para ayudarla. Fue un orgasmo salvaje, que hizo que Clem temblase y se sacudiese, que perdiese el control de su cuerpo.

Él llego al clímax pocos segundos después y dejó escapar un gruñido.

Clem pensó que aquello era sentirse mujer. Se sentía además segura, protegida y libre.

Alistair se quitó el preservativo y volvió a su lado. Apoyó con cuidado la mano en la cadera y le preguntó:

–¿No estás dolorida?

–En absoluto.

Él le apartó varios mechones de pelo de la frente con una ternura increíble.

–¿Te apetece una ducha? –sugirió.

«Me apeteces tú», pensó ella.

–¿Quieres decir juntos? –le preguntó.

A él se le oscureció la mirada.

–Por supuesto. Se ahorra agua y es el doble de divertido.

Clem lo siguió a la ducha y se colocó debajo del chorro de agua mientras Alistair la abrazaba contra su fuerte cuerpo. La sensación fue deliciosamente sensual y Clem se volvió a excitar.

Él le acarició los pechos con la boca, pasó la lengua por sus pezones y la acarició hasta que Clem sintió que casi no se podía mantener de pie.

Entonces, se agachó ante ella, le separó los muslos y la besó íntimamente, causándole un intenso orgasmo que la sacudió de la cabeza a los pies.

Clem tuvo que aferrarse a sus hombros para no caerse.

Alistair se incorporó con los ojos brillantes de la satisfacción y ella pensó que jamás habría imaginado que su cuerpo pudiese sentir tanto placer. Jamás habría imaginado que se arrodillaría delante de un hombre para acariciarlo con la boca ella también.

Pero lo hizo.

Lo acarició con la mano y con la lengua hasta hacerlo gemir de placer.

–Espera que me ponga un preservativo –le dijo Alistair.

Y ella se preguntó qué tenían de malo las aventuras, por qué solo se podía disfrutar de todas las fantasías sexuales si uno tenía una relación monógama. El deseo de tener dicha relación con Alistair era tan intenso como el deseo que sentía por él.

Lo vio salir de la ducha y buscar en la bolsa de aseo que había cerca del lavabo. Volvió preparado para la acción, pero en vez de permitir que Clem continuase con lo que había estado haciendo la empujó suavemente contra la pared de la ducha y la miró con deseo.

Clem se estremeció cuando la agarró por las caderas y le levantó una pierna para ponerla alrededor de su cadera.

El primer empellón hizo que apoyase la cabeza en la pared de mármol. Alistair puso una mano debajo de esta, para que estuviese más cómoda. Después volvió a empujar, aunque no tan fuerte. El cuerpo de Clem lo recibió y lo abrazó por dentro. Ella se puso de puntillas para intentar que el contacto fuese más intenso. El orgasmo no tardó en sacudirla y se sorprendió a sí misma gritando de placer. Alistair también gimió mientras llegaba al clímax.

Después apoyó la frente en la de ella. Ambos tenían la respiración acelerada y el agua que seguía cayéndoles encima los ayudó a recuperarse.

Entonces Clem lo agarró por las caderas y volvió a pegar los pechos al de él. Bajó la vista y al ver sus cuerpos unidos volvió a sentir deseo.

Él tomó el bote de champú, se puso en la palma de la mano y empezó a masajearle el pelo. Clem jamás había pensado que su cuero cabelludo fuese tan sensible, el jabón fue bajando sensualmente por el cuello, los hombros y los pechos. Tomó también el bote de champú y le devolvió el favor a Alistair. Tuvo que ponerse de puntillas para hacerlo y eso la excitó todavía más, ya que su pelvis se frotó contra la de él.

Alistair se limpió los ojos de espuma y después pasó las manos por sus pechos. La besó en los labios y Clem no pudo evitar preguntarse si lo que había entre ambos era solo sexo o algo más. Algo más profundo y satisfactorio que un anhelo primitivo. Se preguntó si a Alistair se le habría pasado por la cabeza no terminar con lo suyo cuando se marchasen de allí. Si este habría pensado en la posibilidad de tener una relación duradera con ella. O si la consideraba otro encuentro sexual más en su lista.

También se preguntó si ella conseguiría sentirse así de cómoda, de libre y de querida con otro hombre. Le parecía imposible. De hecho, nunca había sentido realmente deseo por nadie hasta el día en que Alistair había entrado en la tienda y sus miradas se habían cruzado. El interés que había visto en los ojos de Alistair había despertado algo en su interior, había despertado todos los sentidos que tenía dormidos con una ferocidad que jamás, jamás, volvería a ser la misma.

Pasó los dedos por el pelo mojado de Alistair y disfrutó del sensual beso, que hizo que lo desease todavía más.

Él apartó los labios y la miró tan fijamente que Clem pensó que tal vez se estuviese cuestionando las reglas que habían puesto para aquella relación.

–Eres la compañera más generosa que he tenido jamás.

Clem intentó no sentirse esperanzada.

–No hace falta que me halagues.

Él tomó su rostro con ambas manos y siguió mirándola fijamente.

–Te lo digo de verdad, Clem –le dijo, frotando la parte inferior de su cuerpo contra ella–. Mira cómo me pones. Siéntelo.

Clem lo sentía. Bajó la mano para acariciarlo mientras su cuerpo temblaba de excitación.

–Es solo deseo... ¿verdad?

Alistair bajó la vista a sus labios como si quisiese memorizar su forma.

–¿Y si no lo fuese? ¿Y si fuese algo... algo más
duradero?

Aquello dio alas a la esperanza de Clem.

–Pero si dijiste...

–Sé lo que dije, pero esto no se va a terminar,
¿verdad? Al menos, en unos días.

–Estamos malgastando mucha agua. ¿No piensas que sería mejor tener esta conversación cuando
nos hayamos secado?

Él cerró el grifo. Salió de la ducha y tomó una
toalla con la que envolvió a Clem como si fuese
una niña pequeña.

–Quiero que continuemos con esto cuando este-
mos en Londres –le dijo.

A ella se le aceleró el corazón de la emoción. Se
sintió feliz.

–¿Estás seguro?

Alistair le tocó el rostro lentamente y a Clem se
le puso la piel de gallina.

–No podemos acabar así como así, *ma petite*.
Todavía no. No estoy diciendo que vaya a durar
para siempre, sino que tiene que durar más.

La esperanza de Clem se desvaneció.

–Pero sigue siendo una aventura, ¿no?

Él la agarró de los hombros y su pelvis entró en
contacto con la de ella.

–No importa cómo lo llamemos.

«Pero el tiempo que va a durar, sí», pensó ella,
dándose cuenta de que se había enamorado como

una tonta. Y siendo consciente de que Alistair no estaba enamorado. Solo la deseaba. Lo único que los unía era la atracción que sentían el uno por el otro y que terminaría por apagarse.

Si se apagaba.

Alistair parecía convencido de que lo haría, pero ella no estaba tan segura. No tenía mucho con lo que comparar, pero no se imaginaba sintiendo semejante atracción por ningún otro hombre. Era como si su cuerpo hubiese sido programado para responder únicamente ante aquel y solo ante aquel.

—¿Qué te ha hecho cambiar de opinión? —le preguntó con la vista clavada en las gotas de agua que todavía tenía en el cuello moreno.

Él la obligó a levantar la barbilla y mirarlo a los ojos.

—Tú. Estar contigo. Conocerte.

Clem pensó que en realidad no la conocía. No tenía ni idea de cuánto deseaba oírle decir aquello que nadie, ni siquiera su madre o su hermano, le habían dicho nunca. No sabía lo mucho que deseaba estar para siempre con él, construir una vida a su lado y superar la soledad e infelicidad de su pasado.

—Pero, ¿y mi madre?

Él apoyó un dedo en sus labios.

—No tiene nada que ver con nosotros. Ni siquiera tienes que contarle que nos estamos viendo.

Para Clem no era ningún problema guardar el secreto. Casi nunca le contaba cosas personales a su madre, pero si por casualidad Brandi se enteraba de que estaba con Alistair, las consecuencias serían terribles.

—¿Y si se entera tu padre?

Él resopló.

—La última vez que hablé con mi padre se pasó toda la conversación hablándome de su nueva amante, a la que había conocido en un bar de Las Vegas. Me lo contó todo de ella, y cuando digo todo, es todo.

Clem hizo una mueca.

—Yo también he tenido alguna conversación parecida con mi madre. Qué vergüenza, ¿verdad?

Alistair sonrió y la abrazó más.

—Salgamos a cenar a algún lugar agradable. Quiero mimarte.

—¿No piensas que ya me has mimado suficiente?

Él le dio un suave beso.

—Te lo mereces.

Alistair levantó la vista del teléfono cuando Clem volvió del cuarto de baño una hora después, ataviada con un vestido de cóctel nuevo. Era de un color anacarado, un rosa claro que realzaba el cremoso brillo de su piel. Se había maquillado y secado y recogido el pelo, dejando al descubierto el gracioso cuello y la curva de las mejillas. Para él siempre estaba guapa, llevase lo que llevase. O no. Pero no era solo su belleza lo que hacía que se le encogiese el corazón, era la idea de no volver a verla cuando su aventura se terminase. ¿Quién la terminaría? ¿Él o ella? ¿O lo harían de mutuo acuerdo? ¿Se enamoraría Clem de otro, de alguien que pudiese darle el final feliz con el que soñaba?

—Estás preciosa.

Ella se ruborizó.

—¿Te parece que es mi talla? —le preguntó ella, pasándose las manos por los muslos y riendo de manera tan sensual que Alistair deseó arrancarle el vestido—. No sé si no debía haber comprado una talla más. ¿No enseño demasiado escote?

Él tiró el teléfono encima del sofá y se acercó a ella, apoyó las manos en sus caderas.

—No se me ocurre nada mejor que hacer que pasarme la noche mirando un escote que sé que soy el único que va a disfrutar.

A Clem también le brillaron los ojos.

—A mí también me gusta la idea.

De no haber sido porque había reservado mesa en el restaurante y por el esfuerzo que Clem había hecho para arreglarse, no habrían salido del hotel aquella noche. Además, quería dejar que se recuperase. Era una amante generosa y entusiasta, pero no pretendía aprovecharse de ella.

«¿Acaso no lo has hecho ya?».

La idea le removió la conciencia. Por supuesto que se había aprovechado de ella, de la situación. Y eso no estaba bien.

A Clem el restaurante con vistas a la playa de Montecarlo le había parecido mágico, pero después de cenar Alistair la llevó a un club a bailar. Ella protestó, diciéndole que no sabía bailar, pero él la tomó entre sus brazos y la hizo girar por la pista. Cuando Clem dejó de preocuparse por lo que iba a pensar la gente, se relajó y se dejó llevar por la música.

Alistair consiguió que le resultase fácil hacerlo.

—Pensé que habías dicho que no sabías bailar —comentó Alistair cuando hicieron un alto en la música.

—Será mejor que te cuentes los dedos de los pies, por si acaso —respondió ella sonriendo—. Seguro que con la primera canción te he aplastado unos cuantos.

Él sonrió con dulzura y a Clem se le encogió el pecho de la emoción.

—Te infravaloras siempre, pero eres la mujer más bella del lugar.

Clem se quitó las gafas y se las puso a él.

—Me parece que las necesitas más que yo.

—¿Cómo puedes ver con ellas?

—Perfectamente. Sin las gafas lo veo todo borroso. Podría pasar al lado de mi propia madre por la calle y no verla. Ahora que lo pienso sería una buena excusa.

Él volvió a sonreír. La agarró de la cintura y la llevó hasta uno de los sofás de terciopelo que había alrededor de la pista.

—¿Nunca has pensado en ponerte lentillas?

—Lo intenté en una ocasión, pero me arañé la retina al intentar quitármelas y terminé con una infección en el ojo. Además, ya tengo demasiadas rutinas por la mañana como para añadir otra más.

–¿Rutinas?

Clem se mordió mentalmente la lengua. Con mucha fuerza.

–¿Quieres decir que no te has dado cuenta?

Él se encogió de hombros.

–Es cierto que tardas un poco en prepararte por las mañanas, pero le ocurre a muchas personas.

Ella se mordió el interior de la boca.

–Bueno, sí. Si mi taza de rayas te parece rara, deberías ver el cepillo de dientes. Me cepillo exactamente dos minutos y veinticinco segundos. Ni un segundo más ni un segundo menos.

–A mí no me parece raro. ¿No dicen que hay que cepillarse dos minutos para mantener una buena salud bucal?

Clem intentó ver si se estaba burlando de ella, pero en su expresión solo había aceptación.

–Tengo... hábitos... obsesiones. Si no hago las cosas de una manera determinada me pongo nerviosa. Muy nerviosa.

–¿Por eso tienes todos los botecitos con pociones y lociones tan ordenados en el baño?

–Sí, pero eso no es todo –añadió sin saber por qué–. Todos los días tengo que tomar el mismo camino para ir al trabajo. Como voy andando, no suele ser un problema, pero un día había un accidente y la policía no quería dejarme pasar. Me empeñé tanto que casi me detienen, qué vergüenza. Al final me dio un ataque de pánico y tuvieron que llevarme al hospital.

–Pobrecita. ¿Y desde cuándo te pasa?

Clem se agarró las manos.

–Desde que tenía dieciséis años. Después de... el incidente, me volví obsesiva con las cosas. Fue una manera de recuperar el control. Y empeoré después de que nos marchásemos de casa de tu padre. Mi madre estuvo con un tipo odioso, que trataba fatal a Jamie e intentaba encontrarse conmigo a solas. Por suerte aquella relación solo duró un mes y después nos marchamos, pero yo continué con los mismos hábitos.

Él tomó su mano.

–A mí me parece que lidiaste con tu niñez de una manera admirable. Si no hubiese estado tan preocupado por la enfermedad de mi madre y el comportamiento de mi padre, tal vez no te hubiese tratado tan mal.

–No pasa nada –respondió ella con una sonrisa, optando por cambiar de tema de conversación–. Le he mandado un mensaje a Harriet hace un rato. He quedado con ella mañana, a la hora de comer. Espero que no te importe.

–Me parece una idea estupenda.

–Voy a intentar convencerla de que vaya al internado. Tal vez no lo consiga, pero merece la pena intentarlo.

Alistair la ayudó a ponerse en pie y entrelazó un brazo con el suyo.

–Qué suerte tuve de pedirte que me acompañases a este viaje.

–Yo diría más bien que me lo ordenaste.

Él le dio un beso en la frente.

–Te recompensaré cuando lleguemos al hotel.

Clem se estremeció solo de pensarlo. Si había algo que Alistair Hawthorne hacía siempre era cumplir con su palabra.

Capítulo 9

CLEM había quedado con Harriet en una pequeña cafetería cercana a la tienda en la que esta trabajaba. Se sentaron a una mesa con vistas al mar y a los lujosos hoteles que la recorrían.

–Qué vistas –comentó Clem–. Mires adonde mires es espectacular. Supongo que las personas que viven aquí deben de ser muy ricas.

–Es increíble –admitió Harriet–. Hace un par de meses vi una película que había sido rodada aquí y por eso decidí venir. Siento haber convencido a Jamie para que me trajese, pero necesitaba huir, ¿sabes?

Clem le tocó el brazo.

–Lo sé. Supongo que Jamie te ha hablado de nuestra historia. En cualquier caso, no está bien tomar cosas que no te pertenecen, independientemente de las circunstancias.

–Soy consciente. Fui muy tonta, pero estaba enfadada con Alistair –dijo Harriet, clavando la mirada en la bebida que le había llevado el camarero–. A veces quiere controlarlo todo y ni siquiera somos familia. Me quiere mandar a un internado y ni siquiera me ha preguntado si es lo que yo quiero. Me recuerda a mi padre.

—¿Dónde está tu padre?

La mirada de Harriet se volvió triste.

—Falleció cuando yo tenía diez años, en un accidente de tráfico. Mis padres ya estaban separados, así que solo lo veía los fines de semana, pero cuando murió fue horrible. Aunque no tuviésemos una relación muy cercana. Mi padre era un adicto al trabajo y siempre quería controlarlo todo, supongo que por eso lo dejó mi madre. Lo cambió por alguien más emocionante. Para mí, sin embargo, su casa era un lugar al que podía ir para escapar de las tontas fiestas de mi madre.

Clem comprendía muy bien a Harriet.

—Todo eso es muy triste, lo siento mucho, pero ahora tienes que pensar en tu futuro. Si no consigues alcanzar todo tu potencial no estarás castigando a tu madre, te estarás castigando a ti.

Harriet la miró como si no la comprendiese.

—¿Piensas que estoy intentando castigar a mi madre?

—¿No es así?

Harriet suspiró.

—Tal vez. Al fin y al cabo, me ha dejado con su ex. ¿Qué clase de madre hace eso? Lionel Hawthorne es un baboso lascivo.

—Por suerte para ti, Alistair no se parece en nada a su padre —comentó Clem—. Es muy generoso por su parte que se ofrezca a pagar tu educación.

–¿Piensas que debería aceptar? –preguntó Harriet, mordiéndose el labio inferior.

–No te voy a decir lo que tienes que hacer –le respondió Clem–, pero puedo decir que, a tu edad, me hubiese gustado tener la oportunidad de estudiar, tener una cama en la que dormir y comida todos los días sin tener que procurármela yo. Ojalá hubiese podido salir con amigas en vez de cuidar de mi hermano. Me habría contentado con un colegio normal, pero si me hubiesen ofrecido un exclusivo internado no lo habría dudado.

Harriet volvió a suspirar.

–Tienes razón, tengo que pensar en mi futuro. Alistair es muy generoso. Al principio pensé que solo quería deshacerse de mí, pero ahora veo lo que siente por ti y entiendo que quiera estar a solas contigo, sin una niña de dieciséis años rondando a su alrededor.

Clem se sintió mal por fingir que mantenía una relación normal con Alistair, pero se dijo que aquello era lo único que no era verdad. Sus sentimientos por él sí eran reales.

–Es un hombre muy especial –comentó–. Uno de los mejores. El mejor.

Harriet sonrió.

–Será genial tenerte casi como cuñada si os casáis algún día. Jamie y yo no queremos pensar todavía en el futuro. Somos jóvenes y tenemos que formarnos antes, pero podremos vernos en vacaciones.

De todos modos, Alistair jamás le pediría que se casase con él, pero Clem prefirió pensar que le alegraba que su hermano estuviese pensando en formarse. Así le sería mucho más fácil volver a Londres sin él.

–Jamie todavía tiene que crecer, pero en el fondo es una buena persona. El hecho de que te haya ayudado, aunque los medios no hayan sido los correctos, significa que tiene el corazón donde tiene que estar.

A Harriet le brillaron los ojos.

–¿Crees que te casarás con Alistair algún día?

Clem tomó su taza de café.

–Umm... todavía es pronto para saberlo.

–Jamie me contó que odiabas a Alistair, así que le extrañaba que hubieses podido enamorarte de él, pero yo le dije que son cosas que pasan con frecuencia. Tan pronto odias a alguien como no puedes imaginarte vivir sin él.

«No me lo cuentes», pensó Clem, tomando la carta.

–Será mejor que pidamos la comida para que puedas volver al trabajo.

Harriet sonrió.

–Gracias por ser tan buena conmigo. Alistair tiene suerte de tenerte. Eres perfecta para él. Os complementáis mucho, ¿verdad?

–Me alegra que lo pienses –dijo Clem.

«Ojalá Alistair se diese cuenta también».

Mientras Clem comía con Harriet él tenía que haber aprovechado para trabajar, pero en su lugar se fue de compras. Quería comprar alguna joya a Clem para darle las gracias por haberlo acompañado a Mónaco: una pulsera, un collar o unos pendientes, un regalo sencillo, pero al llegar a la joyería no pudo apartar la vista de los anillos.

«¿Qué te pasa? Es perfecta para ti. Sabes quién es. Es divertida, guapa, dulce y te hace más feliz que nadie».

No debía pensar en que quería que su relación fuese permanente, pero cada vez que se imaginaba a Clem saliendo de su vida se le encogía el pecho. Solo llevaban juntos unos días, no podía estar enamorado. Nunca se había enamorado antes. ¿Era posible que ocurriese en tan poco tiempo?

En cualquier caso, Clem era especial.

Y era una mujer para tener una relación estable.

Alistair volvió a mirar los anillos, pero se preguntó cómo iba a comprar uno cuando solo llevaba saliendo con Clem un par de días. Era demasiado pronto.

¿O no?

¿Y si le pedía a Clem que se casase con él, que fuese la madre de sus hijos y que construyesen una vida juntos? Era un paso importante, pero por primera vez en la vida se sentía preparado para darlo. Más que preparado. Sonrió al imaginarse el futuro con ella. Sería un futuro divertido con una mujer que siempre le sería leal. De eso estaba seguro, la conocía bien. Clem era dulce, atrevida y fuerte y, al mismo tiempo, frágil, tierna y dura cuando era necesario. Era todo lo que podía desear en una compañera.

Querer a alguien implicaba arriesgarse, pero la vida era un riesgo en sí y él ya no se imaginaba su vida sin Clem.

Ella era su vida.

Clem iba de vuelta al hotel cuando la llamó su madre. Estuvo a punto de contestar, pero decidió hacerlo y ser firme con ella.

—Mamá, ¿cómo estás? ¿Qué tal...? ¿Cómo se llamaba? ¿Ken? ¿O era Kirby?

—Kon, de Konrad.

—Ah, de acuerdo. Espero que lo estéis pasando bien. Ahora tengo un poco de prisa y...

—Solo necesito que me prestes unas doscientas libras —le dijo Brandi.

—¿Para qué? Mamá, esto no puede seguir así. Tienes que parar. No voy a poder ayudarte más, tendrás que aprender a administrarte sola.

—¿Qué clase de hija deja a su madre tirada mientras se marcha a la Riviera francesa con el hijo de Lionel Hawthorne?

—¿Cómo...? ¿Qué estás diciendo?

Su madre se echó a reír.

—No intentes negarlo. Me lo ha contado Jamie, aunque supongo que tenía que haberte guardado el secreto. Veo que cada vez te pareces más a tu madre.

Clem pensó que iba a matar a su hermano.

–Mamá, por favor, no me estropees esto.

–¿Cómo te lo iba a estropear? Préstame algo de dinero. Supongo que, saliendo con Alistair, tendrás mucho. ¿Qué tal es en la cama? Su padre era regular, demasiado egoísta, pero el dinero lo compensa todo. A lo mejor lo llamo, a ver qué tal le va.

«Tierra trágame». Clem suspiró, derrotada.

–Te haré una transferencia. Doscientas libras, ¿verdad?

–Mejor quinientas –replicó Brandi triunfante–. Tendré que comprarme algo bonito para tu boda, ¿no?

No iba a haber boda, así que por lo menos Clem no iba a tener que pasar por semejante vergüenza.

–Mama, no vamos a casarnos.

–¿Qué más da? Al menos, podrás aprovecharte de su dinero mientras le gustes. ¿Cuándo puedo ir a cenar? Podríamos salir los cuatro, con Lionel. ¿Qué te parece?

–No pienso que sea buena idea –respondió Clem–. Alistair casi no se habla con su padre. Y lo nuestro no es nada serio.

–Escúchame, hija, cuando sales con un hombre con dinero siempre es serio. Hazlo serio. Quédate embarazada.

–¡Jamás haría eso a propósito! –exclamó ella.

–Pues estás desaprovechando una buena oportunidad.

–Mamá, tengo que dejarte... Ya te llamaré cuando vuelva a Londres. Adiós.

Alistair ya estaba en el hotel cuando Clem volvió de la comida y de aquella llamada. Esta se preguntó si debía contárselo. No. Le daba demasiado vergüenza. Vio una botella de champán puesta a enfriar y comentó:

–Vaya, veo que tenías muy claro que iba a ganarme a Harriet.

–¿Qué tal ha ido?

–Sorprendentemente bien –respondió Clem–. Ha accedido a ir al internado y te agradece que se lo vayas a pagar. Supongo que ya te lo imaginabas y por eso has preparado el champán.

Él tomó sus manos y se las llevó al pecho.

–El champán no es por Harriet, sino por nosotros.

–¿Nosotros? –balbució Clem.

La mirada de Alistair era dulce.

–He estado pensando mientras tú comías. De hecho, he estado pensando desde que llegamos aquí. Pensando en nosotros, en lo bien que estamos juntos, en lo que tenemos. Es especial, *ma petite*. Muy especial.

–¿Especial... en que aspecto?

–Eres tan modesta que no entiendes lo que te estoy diciendo, ¿verdad?

Clem tragó saliva.

–¿Qué me estás diciendo?

–Te estoy diciendo que te quiero.

Ella abrió mucho los ojos.

–¿Me quieres?

Alistair levantó su mano y se la llevó a los labios mientras la miraba fijamente a los ojos.

–Te quiero y quiero casarme contigo.

A Clem se le aceleró el corazón.

–Pero si dijiste que no estabas preparado para...

–Eso fue antes de que entrase en razón y me diese cuenta de que eres lo mejor que me ha pasado. Estos últimos días han sido los más felices de mi vida. Al principio pensé que era porque estábamos de vacaciones, pero después me he dado cuenta de que eres tú. Eres la persona que me hace feliz.

Clem todavía estaba intentando procesar lo que le estaba ocurriendo. Sintió que se le llenaban los ojos de lágrimas. Su sueño se estaba cumpliendo.

–Por supuesto que quiero casarme contigo.

Él sonrió de oreja a oreja y se sacó una caja de terciopelo del bolsillo.

–Para ti, mi amor –le dijo.

Clem la abrió y encontró un precioso anillo de compromiso dentro, un anillo de estilo antiguo y extravagante, el anillo más bonito que había visto jamás. La clase de anillo con la que siempre había soñado.

–Oh... ¿Es para mí? ¡Pero si debe de haberte costado una fortuna!

Él se lo puso y le dio un beso en la mano.

–Voy a pasar el resto de mi vida mimándote.

Para mí, tú vales más que nada. Ojalá mi madre hubiese podido conocerte. Te habría adorado.

Clem lo abrazó por el cuello.

–Y yo estoy segura de que la habría adorado a ella. Eres el hombre más increíble que he conocido. Bueno, paciente, generoso y honrado.

–Sé que es un poco pronto, pero recuerdo haber oído decir que cuando uno conoce a la persona adecuada se da cuenta al momento. Yo he intentado luchar contra ello, pero no he podido.

–Yo también he intentado evitarlo debido a que venimos de mundos muy diferentes.

–Prefiero que no hablemos de eso. Yo tampoco tengo un padre del que estar orgulloso.

–Deberíamos casarnos en secreto para no tener que invitar ni a tu padre ni a mi madre a la boda.

Él la miró a los ojos.

–No permitiré que ninguno de los dos nos estropee el día.

Clem deseó estar tan segura como él.

Se dieron un beso y después Alistair la tomó en brazos.

–¿Te apetece acostarte?

Clem sonrió.

–¿No es un poco pronto para meterse en la cama?

–Para mí, no –respondió él, sonriendo con malicia.

Clem despertó a la mañana siguiente preguntándose si habría soñado lo ocurrido la noche anterior, pero se miró la mano y al ver el anillo en ella se dio cuenta de que era verdad. Se giró y vio que Alistair ya no estaba en la cama, así que se levantó, se puso el albornoz y salió al salón. Alistair estaba sentado en el sofá, mirando el periódico del día con el ceño muy fruncido y los labios apretados.

–¿Ha ocurrido algo? –le preguntó ella, acercándose.

–Nada –respondió él, tirando el periódico a la basura.

–Pues te veo muy enfadado.

–No es nada. ¿Qué tal has dormido? ¿Quieres desayunar aquí o prefieres...?

–No estás siendo sincero conmigo, Alistair. Ahora que nos hemos comprometido, deberíamos compartirlo todo. Si hay algo que te preocupa, deberías contármelo.

Él suspiró largamente.

–Tu madre ha dado una entrevista a un periódico de Londres.

A Clem se le hizo un nudo en el estómago.

–Oh, no...

Sacó el periódico de la basura y comprobó que su madre había contado la aventura que había tenido con el padre de Alistair, y había dado fotografías. También se mencionaba la relación de Clem y Alistair y su madre comentaba que la había entrenado bien para que cazase a un hombre con dinero.

A Clem le ardió el estómago. Con manos temblorosas, se quitó el anillo.

–Toma, Alistair, no puedo casarme contigo.

–¿Qué estás diciendo? Esto no significa...

–¿Cómo vamos a tener una relación feliz con una madre que va a traernos problemas en cualquier momento? ¿Y si pierdes clientes por ello? ¿Y si le cuenta a todo el mundo quién es mi padre?

–Yo te quiero y eso para mí es lo único que importa.

Clem cerró los ojos. Intentó contener las lágrimas.

–Mi padre es Brian Geary. Es probable que hayas oído hablar de él, lo juzgaron por fraude hace unos años, arruinó muchas vidas, dos personas se suicidaron por su culpa, muchas otras perdieron los ahorros de toda una vida, el dinero que tenían invertido.

–No te pareces a tu padre como yo tampoco me parezco al mío –insistió Alistair–. No nos hagas esto. Acabamos de encontrarnos, no permitas que la primera dificultad nos separe.

Clem casi no podía respirar. Pensó que necesitaba estar sola. No podía someter a Alistair a aquella presión. Empezó a sudar, tenía las palmas de las manos mojadas, le temblaban las rodillas.

–He tomado una decisión. No me puedes obligar a casarme contigo.

Él la agarró de los brazos, le rogó con la mirada.

–No puedes hacer eso, *ma petite*. Tú sabes que podemos estar juntos.

–En realidad ni siquiera te he dicho que te quiero, Alistair. Piénsalo bien.

La expresión de este se endureció.

—Está bien. Termina con lo nuestro. Márchate. Huye de todos los obstáculos que te ponga la vida. Ve a ordenar todos tus frascos si eso te hace sentir bien, pero cuando seas vieja y estés sola, recuerda la oportunidad que desperdiciaste.

Alistair se marchó y Clem pensó que tenía que hacer la maleta. Tenía que salir de allí, comprar un billete de avión, decirle adiós a Jamie. Tenía mucho que hacer y el corazón desbocado. Casi no podía respirar. Sintió que se le entumecían los dedos, que las piernas le temblaban tanto que casi no las podía mover. No iba a llorar. No. No. No podía llorar. Tenía que ser fuerte. Tenía... Tenía.... Intentó respirar hondo, pero no pudo. No podía respirar.

Más tarde no recordaría cómo había conseguido subirse a un avión y volver a Londres. Solo recordaba vagamente haber mentido a Jamie y haberle dicho que tenía que volver al trabajo. Por si no se sentía lo suficientemente mal, al llegar la recibió el cielo lleno de nubes oscuras y la llovizna, no hacía sol. Evitó a los paparazzi, pero no podría evitar a su vecina Mavis.

Acababa de salir del taxi cuando esta la abordó y le contó que había leído en el periódico que salía con un joven muy apuesto. Le preguntó si se iba a casar.

—No me voy a casar.

—¿Por qué no? —insistió Mavis.

—No deberías creer todo lo que publican los periódicos —le dijo ella.

Mavis frunció el ceño.

–¿Pero no estás enamorada de él? Yo lo estaría si fuese más joven. Me recuerda a mi primer marido. ¿Te he hablado de él? Era...

–Tal vez en otra ocasión –la interrumpió Clem–. Tengo que deshacer la maleta.

Capítulo 10

ALISTAIR pagó el hotel e iba a marcharse al aeropuerto cuando Jamie lo interceptó.

–¿Puedo hablar un momento contigo? Estoy preocupado por Clem. ¿Has roto con ella por el artículo?

–No, por supuesto que no.

–Entonces, ¿por qué no está contigo?

«Porque no me quiere», pensó él, recordando la conversación que había mantenido con Clem, era cierto que no recordaba que esta le hubiese dicho que lo quería.

–Tiene sus motivos.

Jamie frunció el ceño.

–Pero si te quiere. Estoy seguro. Nunca la había visto así.

–No la puedo obligar a que esté conmigo –respondió Alistair.

–Mira, Clem suele ocultar sus sentimientos, pero yo estoy seguro de que te quiere. Supongo que se ha marchado para intentar protegerte. Prefiere ser infeliz ella que pensar que puede hacer infeliz a otra persona. Y cuando se estresa se pone muy nerviosa, pero contigo ha estado mucho mejor.

Alistair tragó saliva, arrepentido. Había dejado marchar a Clem sin darse cuenta de que se estaba sacrificando por él. Se preguntó si sería demasiado tarde para recuperarla.

Apoyó una mano en el hombro de Jamie y se lo apretó.

—Cuida de Harriet por mí.

—¿Significa eso que vamos a ser cuñados?

«Eso espero», pensó Alistair.

—Si necesitáis algo, llamad. Yo os apoyaré, a Harriet y a ti.

—¿Y a Clem?

—También.

«Ahora necesito recuperarla».

Clem había estado emocionalmente agotada la noche anterior y no había deshecho la maleta. Por la mañana, cuando fue a buscar su taza, se la encontró hecha añicos, lo mismo que su corazón, pero en vez de sentir pánico solo sintió tristeza. Le entristeció que Alistair no estuviese allí para ayudarla. Estaba segura de que le habría arreglado la taza. De que le habría dado la seguridad que necesitaba.

Se dio cuenta de que había cometido el mayor error de su vida. Se levantó del suelo y se debatió entre llamarlo o no. Miró el teléfono. También podía enviarle un mensaje de texto. No. Eso no le parecía adecuado.

Oyó un coche en la calle, miró por la ventana y le dio un vuelco el corazón al ver a Alistair saludando con la mano a Mavis, que estaba asomada a la ventana.

Clem no esperó a que llamase a la puerta.

—Lo siento, pero...

Él cerró la puerta y la abrazó.

—No quiero oírte negarlo más. Me quieres. Lo siento cada vez que me miras —le dijo antes de besarla apasionadamente—. Ahora, dime que no me quieres.

Clem lo miró a los ojos y se preguntó cómo era posible que alguien como él la quisiera, pero era cierto.

—No es posible que me quieras tanto como yo a ti.

Él sonrió.

—Dame los próximos cincuenta años de tu vida y te lo demostraré. Cásate conmigo. Seamos una familia para Jamie y Harriet. Seamos la familia que tú echaste de menos, la que yo desearía seguir teniendo.

Clem parpadeó para que no se le cayesen las lágrimas.

—Deseo casarme contigo más que nada en este mundo, pero no puedo dejar de pensar que no va a ser justo para ti, mi madre...

Él apoyó un dedo en sus labios.

—Es alguien con quien tendré que lidiar, lo mismo que con mi padre. No permitiré que nadie te haga daño. Confía en mí.

Aliviada, Clem se dio cuenta de que confiaba en él. De hecho, era la única persona en la que podía confiar.

Con la que podía ser ella misma.

Lo miró a través de las gafas empañadas, medio caídas. Él se las subió con un dedo y sonrió con ternura.

–¿Estamos bien?

–Estamos bien –contestó Clem.

Él le apartó un mechón de pelo del rostro y la miró con tanto amor que Clem sintió ganas de llorar de nuevo.

–Sé que no te gustan las sorpresas, pero voy a darte una –anunció.

–Dime –le pidió ella.

–He comprado la casa.

–¿Qué casa?

–Tu casa. La que te encantó desde niña. Puede ser nuestra casa de vacaciones, un lugar al que llevar a los niños para que tengan la niñez que no pudiste tener tú.

–¿La has comprado? ¿Para mí?

–Pensé que nos vendría bien tener un lugar al que escapar de nuestros padres. No les diremos dónde está. Será nuestro escondite secreto.

Clem pensó que no era posible querer a alguien más de lo que quería a Alistair. Y lo más increíble era que él sentía lo mismo por ella.

–Eres maravilloso. Soy la chica más afortunada del mundo.

–Hay algo más –continuó él–. Me gusta Jamie. Es un buen chico y está empezando a madurar. Me parece que, cuando nuestros hijos sean adolescentes, será tan buena influencia para ellos como lo has sido tú con él.

Clem le acarició la barbilla.

—¿Tienes idea de cuánto te quiero?

Él acercó los labios a los suyos.

—¿Por qué no me lo demuestras?

—¿Cuánto tiempo tienes?

Alistair sonrió.

—Toda una vida, a partir de ya.

Bianca

El único hombre al que odiaba...era el único hombre al que no podía resistirse

Sandro Roselli, rey de los circuitos de carreras de coches, era capaz de lograr que los latidos del corazón de Charlotte Warrington se aceleraran cada vez que lo veía, pero ocultaba algo sobre la muerte de su hermano. Sandro le había ofrecido un trabajo y Charlotte lo aceptó, decidida a descubrir su secreto.

Sin embargo, la vida a toda máquina con Sandro podía resultar peligrosa. El irresistible italiano estaba haciendo que sus sentidos enloquecieran, pero ¿podría sobrevivir su aventura a la oscura verdad que ocultaba?

LAS CARICIAS DE SU ENEMIGO
RACHAEL THOMAS

Esposa olvidada
Brenda Jackson

Tras una separación forzosa de cinco años, Brisbane West-moreland estaba dispuesto a recuperar a su esposa, Crystal Newsome. Lo que no se esperaba era encontrarse con que una organización mafiosa estaba intentando secuestrarla. Crystal, una brillante y hermosa científica, no podía perdonarle a Bane que se casara con ella para después desaparecer de su vida, pero estaba en peligro y necesitaba su protección.

¿Podría mantenerla a salvo y convencerla para que le diera una segunda oportunidad?

¡YA EN TU PUNTO DE VENTA!

Bianca

La atracción que siempre habían sentido el uno por el otro era más poderosa que el sentido del honor

El restaurante de Lara estaba en crisis. Solo un hombre podía ayudarla, su atractivo hermanastro, Wolfe Alexander. Como condición para ayudarla económicamente y con el fin de lograr sus propios objetivos, le impuso que se convirtiera en su esposa.

Sin otra alternativa más que aceptar los términos de Wolfe, Lara pronto se vio inmersa en el mundo de la alta sociedad y en el de la pasión. Pero había un vacío en su vida que solo podía llenar… el amor de su marido.

¿AMOR O DINERO?
HELEN BIANCHIN

¡YA EN TU PUNTO DE VENTA!